见文如晤

夏彬然 著

陕西新华出版

太白文艺出版社·西安

图书在版编目（CIP）数据

见文如晤 / 夏彬然著. ‒‒西安：太白文艺出版社，
2023.5

ISBN 978-7-5513-2374-1

Ⅰ.①见… Ⅱ.①夏… Ⅲ.①随笔-作品集-中国-
当代 Ⅳ.①I267.1

中国国家版本馆CIP数据核字（2023）第069448号

见文如晤
JIAN WEN RU WU

作　　者	夏彬然
责任编辑	杨德风　刘　琪
装帧设计	辉汉文化
出版发行	太白文艺出版社
经　　销	新华书店
印　　刷	成都勤德印务有限公司
开　　本	880mm×1230mm　1/32
字　　数	145千字
印　　张	5.75
版　　次	2023年5月第1版
印　　次	2023年5月第1次印刷
书　　号	ISBN 978-7-5513-2374-1
定　　价	48.00元

为彬然代序

夏彬然是我的学生。在作文班上，在众多学生中，他留给我的印象尤为深刻。

升到五年级时，有一天，他突然戴着一副挂着镀金链子的金丝边复古圆片眼镜来上课，完全一副少年老成的样子，还透露着些许文气。

他看上去文质彬彬，却有着跟同龄孩子不一样的性格。在课上，每每遇见一个自己感兴趣的话题，他都会乐得捂住嘴巴笑个不停。

他的人犹如他的文字，斯文中又夹杂着跳跃的形神。

彬然对文字的感觉和痴迷是令人吃惊的。我时常吃惊于他才是一个十多岁的孩子，吃惊于他有老到的笔触。

前几天，彬然给我传来他的呕心之作——一路潜心记下的文字，要我题序。起先我不以为意，总觉得他还是小孩子，应该专心于学业，偶尔玩玩写作，是可以的。可当解压电子稿翻阅他的文章时，我再次感到惊讶。

彬然的这部集子，是用心血写的生活和思考，而不单单是普通的孩童写作。仔细看完每一篇，有如诗一般的倾诉，有散文式的杂感，有讲故事般的记叙，也有小说的影子……这像是一个十余岁孩子的作品吗？我有点难以置信，却不得不信，因为摆在眼前的文字是完全真实的。

彬然对文字的感觉，是一般同龄人难以企及的，甚至有些方面我等或许亦难以盖之。

正如他集子中的一句，"我惜梦，不为别的缘由，只是想为年少留一个念想罢了"。

人小志气高，英雄出少年。我，不得不服。

从没给人写过序，今朝头一回。仅此谈谈我的感想，权当代序吧。

金　俊

自 序

很早以前一个朋友跟我说，我跳脱和诗意的思维很适合写散文。

我半信半疑地，拿起纸笔步入创作之路。

这一写，就是五年多的时间，我的大半个青春。

今日终是了却了初二的学业，想起自己还有改稿子的重任在身——寄予期望的家人仍在等候我的好消息，于是乎翻找出修改日期停在五月的文稿，便开始修正了。

许是怀旧的情怀上头，抑或是存了寻找灵感的意味在里面，我从储物间里搬出一堆黄白色的纸簿，又在电脑的文件里找到数目不可小觑的文章。加起来上千篇的随感与笔记使我万般感慨：这是我创作历程的见证。

稿纸是初涉作文时候用的，三四百字的规格，交错的横纵线框定着书写的范围，页面右侧空开三列十几行的矩形框，是留给老师注解评语用的。有的稿纸没有纵轴割开方格的间隙，仅以多条贯走的纬线标注某行的起止，总也是大差不差。

看自己少年时期的作品非常有意思，那个时候自以为高级的词汇与观念在当下看来不值一提，却又有出自那个青涩时候的独特构思——毕竟是年少时的文字啊，总是有那样的轻狂。

我忽然发现，旧时与今日的文章都是构成我的一部分。

原先我试图修改旧的稿子，而今更多的是释然——旧文与新文的碰撞，未尝不可。本就都是我历经数年时间编撰出来的，也许无须过于咬文嚼字、计较得失。

曾有一段年华沉浸在辞藻里，认为雕栏玉砌的才是浓烈与绚烂的集合，因而孤傲地漠视单薄的叙事或景；又有一段年华想着返璞归真，对华丽的辞藻予以不屑的抨击，如今看来却都是幼稚的想法了。辞藻是文墨的点睛之笔，平凡的叙事如有归真之能也会显示出不一样的光彩，这两者是相辅相成的，不该妄断天平的任意一端。但稚嫩是所有人从咿呀学语开始往后必然的经历，注重辞藻或直叙的时段都必然会经历，若反之则是不完整的旅路了。我在此部文稿中确实是无意隐瞒自己的幼稚，纯当是将自己的文笔与生活里百态的事物予以共享，也作对读者们旅程行止的一个参考。

实质上，这篇自序是书稿所有内容里最迟动笔的。

序，本身是启文端，领全册的一题，因此先有前文后有序也是通常不过的了。

这几年的生活如梦似幻，有同学朋友的陪伴，却也充实，回忆在大脑里累积，又以文章的形式从心里转化出来，就这样有了我的文集。

　　小学毕业的那个暑假，我大概是好高鹜远的，曾想到：若是我的书出了，我少年与孩童的形象便彻底丢失了吧。

　　事实证明，我尚且不想丢掉我的童稚。有句话说得好，男人至死是少年。对我而言也如此。出书对我而言曾经是极为遥不可及的事，但当我逐渐将笔下的墨迹转化为文字，我感觉到我正在向遥不可及的奢望奔去。终于，在书写这篇自序的时候，我意识到，我的少年时代应该要彻底结束了。

　　一时间感慨万千。

　　甚至还不想结束这篇。

　　在内心深处我始终是一个多愁善感的人，可能是作为文人这一类角色的通性，思考的事情总是更多，某些事物对我有象征意义或纪念意义的，就一味地想要停滞在那一刻，走不出这珍贵的时分。

　　于是想起期末考结束以后挚友诸葛和我一起出去吃了一餐，席间是少年们热衷的游戏与口嗨，夹杂着几个好兄弟之间独有的玩笑，到后面越发成了"但少闲人如吾两人者耳"的一种情怀。

　　我长时间地坐在桌前，目光所及之处可以看见时间的变化。盛夏，午后的阳光如此和煦，似碧波荡漾的天空，远影里依稀可见云气，日头渐渐地由居中往偏西的方向腾挪，视野里地平线中点与太阳似有无形的连线，如钟表的指针步步移动——在每一个由最基础单位构成的时刻里永不停息。

有想共沐春秋的人，想执手而老的人，因这是最年轻的情愫。

忽然意识到这就是流年，因为我无法抓住流逝的时间，再好的时光也会故去，天下没有不散的筵席，我的年少什么的，或许真的该告一段落了。

因为，我们终将走向更远的地方。

谨以此篇为自序。

目　录

◎ 古风里观景

◎ 生活之画卷

◎ 夜的奏鸣曲

◎ 一些随意的叙说

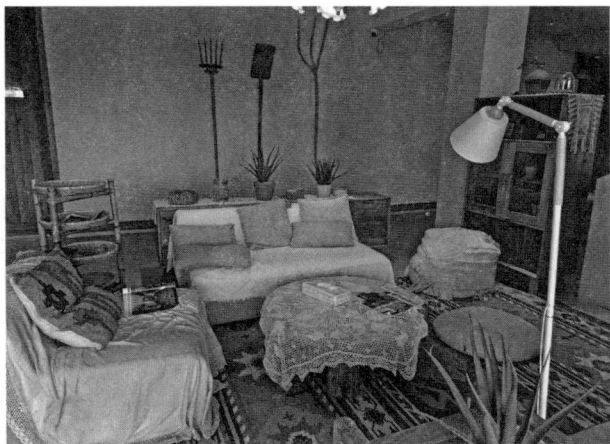

灯影下哲思

DENGYING XIA ZHESI

待到天明

十二点左右。

夜里辗转难寐，或许是压抑得久了，有很多事情放不下。

打开台灯，灼灼光起，毫不违和地融入窗外本已不多的光点之中。

拿起杯子去厨房添了点热水，氤氲白雾似轻纱，朦胧升起，镜片上的雾气微微有点遮人视线，开着的窗户有一条细小缝隙。

清风拂来，杯中水似乎也泛起涟漪，在白色搪瓷杯的内壁描绘着明暗的变化。

命运似乎无时不在交错着、追逐着，宛若无数被弹拨的弦，与空气交织着振动，发出响彻云霄的乐音。

夜幕下的温州是静谧的，仿佛沉入了地平线，他日的灯火阑珊，已成为一段过往，成为无数人心中的悲叹。

尽管路上传来的车的轰鸣声已然不多，但红绿灯依然在闪烁着，它们的光在昏沉的夜里如摇曳于风中的烛光般微弱，像在执着地守望着什么，或许，是在等待黑暗后的光明吧。

夜的幕布笼罩着万物，这幕布中却并未有月的清辉和星的闪烁，在光所未及之处，是别样神秘的一抹黑。

不管如何，天幕总会亮起来的。

鳞次栉比的高楼之中，唯有几个窗口透出微弱的光，也许是在与夜进行着不屈的抗争，却很快湮灭在无尽的昏暗之中。

可是，没有湮灭，何以见曙光？

窗边墙上的钟依然在"嘀嗒"地走，貌似在宣告着什么，是长夜将尽的倒计时吧！

城市褪去白昼的喧嚣，卸掉胭脂粉黛，展现出灯火阑珊后原本的模样。

街边立灯藏匿在绿荫里，光在一部分树叶之上跳动，接着又跌落在地上点亮一片阴影。

伸手拭去窗上的薄雾，放眼窗外，忽地明白了长夜中灯火的意义。

我并没有关掉桌上放置的台灯，因为我想让它待到天明。

拉着童年的手

　　此刻是午后，整夜的伏案创作，不由得让人精疲力竭。初夏的暖阳透过窗户，绘染了一束束金缕，颇有些催人小寐的意味。

　　打了个哈欠，显出些许倦意，倚在椅子上假寐，却在不经意间入了梦。

　　揉揉眼睛，透过手指缝隙，明媚的阳光洒了下来。

　　我看见一个低矮的小孩，同现在的我有几分相似，他正书写着自己的一个个故事。他和他童年的那些朋友在玩耍，我注意到他玩耍的场景，外婆家的旧石巷、太爷爷家的老屋、五马街建设小学的天井……一幕幕画面一闪而过，转眼间似乎所有的记忆都已浮上心头。久未翻阅的老书本该印象朦胧，但这记忆却格外清晰。

　　我看到他就在我的面前，真实存在，有血有肉的。我看到他嘴角那抹笑，仿若暖阳温彻三秋。

　　清脆的琴声响起。我循声望去，只见他的手法有点生疏，斜阳照在手背。此时的他绝不会想到未来的自己能熟练地演奏。

　　学校科学室里传出阵阵谈笑声，他心无旁骛地挥起小提琴的琴弓，眼睛紧盯指挥棒，练习着将要表演的曲目。

他坐在草坡上，望着斜阳直到彻底落下，然后新月升起，炊烟渐渐飘散。外婆悄然来到他的背后，拍拍他的肩膀，梦醒……

我其实还只是个小孩，岁月并未在我的人生中留下过多的痕迹，但一切在岁月的积淀里变得不那么青涩和稚嫩。

我也长大了。

恍惚间，我看到一个人影，他出现在我的面前。

是童年的我。

他拉起我的手，向我的故事中走去。

丝绸之路

丝绸之路始终见证着人类文明的进程，无论是两千年前，还是两千年后。

我记得，从长安起始，经甘肃、新疆到中亚、西亚，甚至到地中海各国，有一条"丝绸之路"。

古时，张骞一行人历经艰险，从长安至西域，几十年的辛劳，再加上后人数百年的耕耘，才有了历史上冠绝中外、惊天动地的丝绸之路。

无数的诗句在此书写，无尽的美词在此谱刻。

散落在丝绸之路上的诗作，难计其数。我记得，有"羌笛何须怨杨柳，春风不度玉门关"的悲凉，有"前军夜战洮河北，已报生擒吐谷浑"的喜幸，有"相逢意气为君饮，系马高楼垂柳边"的少年孤傲，有"走马西来欲到天，辞家见月两回圆"的思乡，更有"黄沙百战穿金甲，不破楼兰终不还""但使龙城飞将在，不教胡马度阴山""誓扫匈奴不顾身，五千貂锦丧胡尘""愿将腰下剑，直为斩楼兰"的志向！

无数的诗篇被代代传诵，举目尽是"大漠孤烟直，长河落日圆"的景色。

耳边仿佛响起了悠扬的驼铃声，我知道，丝绸之路的精神将在文化与民族的内蕴里永久保存下来。

文

文学家沉思了起来。

他在思考的那方混沌里，清理出了一片虚无，这便有了文的空间。

文学家抬手绘出了朦胧的景物——看这氤氲着薄雾的山水，看这缱绻着迟暮的亭台楼阁，应该是日将落的江南水乡吧！

很显然，这世界并不是完美的。

文学家又铺开了一条时间线，显现着雨的滴落，花的凋谢，风拂过留下破碎的水月镜花，一切从开始直至休止，如此这般。

接下来便是要谱写一篇乐章，无乐的文自然无得魂魄。文学家顺手挑了几个乐器，筝鸣，箫响，短笛乍起，弦动琴扬。

品竹弹丝，余音绕梁，如被雾霭抹过的江景，悠悠袅袅仿若隔世，却隐约又在咫尺之间。

乐被抹上雾霭，景亦是如此，再撩些层云低挂天幕，如铅绘的壁纸，却依旧有自己的颜色，并不只是深灰。除了烟雨中绵延的黑瓦白墙，唯一的亮色便是偶尔探墙出窗的新芽。

景是文的骨架，乐是文的灵魂，而文学家只需要将血肉筑好就行了。

接下来便需要点睛之笔——水乡的姑娘，撑着油纸伞，袅袅婷婷的身影行在青石巷里，回眸却不小心望进了你泛皱的眼波间。

啊，这一方天地终归是搭建完成了，文学家将此凝刻在脑海里，待须臾定填上血肉。

我眼中的故事

始

我不知道什么是故事，或许我就是故事，很矛盾，是的，很矛盾。

其实每个人都是故事，每个人的过去和未来都是故事。有小的故事、大的故事、令人鄙夷的故事、催人泪下的故事、惹人愤恨的故事，我们也许不知道全部，但一定要记住已经听过的故事。

每一个故事都值得被铭记，它们或许会湮灭在时代的浪潮里，而我，想留住它们，让世人知道曾经发生了什么。

这便是我眼中故事的开始。

梦

初来人世间的那段日子，生活是像梦一样的，因为那时生活的全部便是绘本中的故事，基本不会接触到外面纷繁的世界。

过去图画书的样式是极简的，即便是小孩子也能看得懂。

我虽翻阅却不屑，它们无法淋漓地描绘出真正的故事，即便它们是花花绿绿的。

我当时看不懂汉字，但是我喜欢它们，它们是方方正正的，是具有美感的。

我终日被它们萦绕着，便是梦中亦如此。它们在当时并未涉足世事的我眼中，都是纯真而美好、动人而明朗的，像天地初开时的第一缕曙光照在我心头，又有如万千落在心上的朦胧雨滴。

它们像梦一样缥缈，又如天上的琼楼玉宇，给人极其不真实的感觉。

汉　字

真正接触汉字后，我才明白真的故事为何样。

依稀记得旧时家人制作的汉字小卡片，每个卡片上面有一个字，一笔一画，代表着这个字背后的故事。

它们自身便是一个故事，更何况是许许多多个它们组成的真实的故事。

于是，我在故事的叙述中逐渐拨开了云雾。

汉字对我来说不是那么虚无缥缈了，由梦构成的世界似天边的残云，轻轻悄悄地便在未察觉间被吹散了。

汉字成了我眼中的故事。

我知道，这个世界不似童话里那样美好，而在新的日子里，我也将创作无数的故事。

我的故事

四五岁那年，我去到了一条青石小巷，那里的人，那里的事，我至今记得，那是我的故事的发源地。

我眼中的故事，在那里变成了极尽绚烂之后的辞别与离去。

说起来我便情不自禁地落泪了，他们的名字我还记得，他们的故事历历在目，实在不敢相信我们便这般散去了，甚至连联系方式都没有留下。

回想当初，每日散学我都要去邻家的杂货店买根冰棍，然后去隔壁的朋友家里写作业。夏日白天去河里摸鱼，晚上大人们聚在一起，坐在太师椅上摇着折扇听说书，小孩子们爬上屋顶听收音机看星星——那时候的乡村还是能看到满天繁星的；冬天烧起火炉，常常在火炉旁一坐就是一晚上，取暖，烤火，顺带解决了晚饭。

这样的日子，平淡如水，却是极好的故事。

但在我七八岁时就有人离去了，金言姐、二舅、老张……我记得他们总是在拂晓时分离去，在巷边公交站乘坐第一趟公交车。我知道他们终会归来，他们离去是为了在更好的未来，能更好地重聚。

我记得在离别的时候也是这么跟他们说的，分离是为了更好地相聚。

几年后，我听到一首叫作《拂晓车站》的歌曲，突然想起了他们离去的故事。

他们曾经说过要归来的，再次在巷中重聚，我记得的，但是拆迁拆散了所有人。拂晓在车站送别他们，这是最后一次与他们相望于旧巷了。

"又要拆迁了啊……真的一点承载记忆的东西都不留给我了吗？"

凹凸不平的青砖向前方无尽延伸，一个车站站牌突兀地钉在长墙中。抬头，长长的土墙挡住了我的视线，几台挖掘机开了进去。20 世纪的古瓦、灰墙、小楼、樱花树，静默地立在我身旁，带给我无尽的遐想。透过干枯树枝上残叶的缝隙，看向那湖蓝色的天空，几片薄云在漫游。

"真的……没有办法在这里相遇了吗？"

我眼中的故事，是离别。

惜　梦

趁年少时，惜梦。

我记得，我做过一个梦。

梦中有的，唯是年少时心中最眷恋的、最怀念的。那无尽且荒诞的梦想，像希望，若钻石，星星点点地闪光。

不要删去年少有梦的记忆，若是主动舍弃了那记忆里青春的本色，心中万般浮华美梦便会成为泡影。

我正是如此。

我碌碌无为，在没有文学前的岁月里，是荒诞而宏大的梦支撑着我前行。而文学使我明了前途一片光明，又在我心中留下茫茫雾霭。

我迷茫着，但在生活中我一直要装作万事顺遂，我不能认输啊——至少不能对我最热爱的事业。

我本就烦躁——也是无厘头的吧，却又无由在生活中发泄。唯有梦，在那个世界中，任凭我如何呐喊，都不会有人让我停息。

我在那个世界中思考问题，会思考出不切实际的荒诞，又在梦中一步步实现，然后就是赤裸裸的现实了。

我的梦正是我的心之所愿，心之所向。因此，我年少轻狂，执笔弄墨，而文学一直是我的支柱。

　　随着棱角渐渐消失，梦构筑的曲线亦逐渐平缓，是所谓于梦境里识别现实，再没有无端的沸腾与回忆了。

　　我惜梦，不为别的缘由，只是想为年少留一个念想罢了。

　　仅此而已。

越长大，越怀念

越长大，越怀念以前的生活。

或许仅仅是一种情怀促使我落笔，写下对过往流年的怀念，笔下勾勒出的曾经的故事，确实再也无法重现了。

小时候和别人单纯玩耍的时光，是多么美好啊！没有竞争、没有功利、没有比拼、没有炫耀、没有嘲讽、没有流言蜚语和落井下石，可以为一株枯萎的花而哭，为一片染青的草而笑。

习以为常的事情却在数载的经历后化作缥缈的念想，每日奔波在同样的地方，一天天重复的经历告诉我，明天依旧如此。

这不是我想要的生活。

怀念过去，本就应当是正常的事，也许走得太远了，就难免想回头看自己已经获得的成就和曾经美好的念想。一时小憩，就足以让我回忆过往，莫因一时慌乱误了年华。

或许会没有时间静心阅读，没有时间拓展业余爱好，但抽出一点闲暇的时间怀念那不算久远的旧事，是一定要的。

越久远的记忆，越是能使心头涌起的炽烈愈加澎湃，多么希望自己能再次回到那段时光，好好度过。心里明知不可能，但这个念头从未打消过。

那段美好的时光是揣在心里的甜蜜，不舍得卸下，值得时时回味。

越长大，越怀念……

非现实创作

FEIXIANSHI CHUANGZUO

与光共舞

　　万千霞光，熠熠萦绕，光影在更迭中零落。

　　雾霭中探出夕阳的长剑，挣扎着划出长痕，血染般浸透层云。夜空茫茫初开，银星闪烁。

　　她扬起染红的长衫，与零星的火烛共舞，斜影在灰蓝的天幕下怅然。纤细的指尖轻触，无数暗黄的光水墨样泛开。

　　与萤火共舞。

古道冬见

天边飘浮着数朵缱绻的浮云。

十一月末，边塞落霜，无尽的晶莹结在城墙上、商道上、枯树上，视若自然的褪色。

络绎不绝的商队经过古道前的关口，向着层峦叠嶂的崇山蜿蜒前行。这条路似乎没有尽头，又复无休无止。

一轮初月微微扬起嘴角，在遥远的沙丘那方徐徐升起。初冬的残阳，无情地打在人的身上。沐浴在余晖之中，枯树的斜影变得短小，黄沙和瓦砾在阳光之下被点缀得有如金波翻涌。

十里的瓦砾路，半里的长亭，雕梁画栋，朱甍墨瓦，萧瑟风起，悲叹着如今的落魄与往昔的繁华。悠悠然的驼铃响起，遮掩住了绕梁隽永的古筝，却也正是淡淡的曲音，勾勒出了古道久历风尘的沧桑。

盈盈的眼眸锁住一抹倩笑，纤白的指尖跃动着过往的盛世花开。

冰霜渐落，雾霭沉沉，夹杂着细长而又如悬针般的雨丝。

烟尘和秋霜中，若有若无的压抑，却仅仅是颇有江南水乡意味的褪色描摹罢了。

潺潺的流水，入冬前最后一阵清脆的鸟鸣，深林尽头的弃城，皆在无边无垠的薄霜之中。

天色入暮，灯火阑珊，唯有盘铃伤悲，谁还记得那最好的年岁？

命

命运在无时地交错着，追逐着，纵横着，宛若无数被弹拨的弦，奏出一曲曲悲叹、一曲曲凄凉、一曲曲不舍。

穷尽一生，追逐着琴声的无尽，却始终无法再次与初遇的琴弦交错。

经过百万年的历史，数个纪元的忧伤，最终，由那弹拨命运的手狂奏出一曲繁华、狂妄、凄美的乐……

然后，旧的纪元如朽木般崩塌，万象归尘，留不下任何存在过的痕迹。

万年有余的轮回，黑白交替的世界，纤瘦的少女，白皙的手指。

纤瘦的手指在琴上弹拨最后一曲命运的乐章，是璀璨的，是绚烂的。然后，她离开了，黑白的世界，黑白的建筑，黑白的高墙。

命运，定格在那最后的一个音符之中。

念

夜凉，一人独自深幽梦，望那一抹秀丽，看那一抹容颜，闻那一缕清香，见故人，转身回眸，泪空城。

——题记

镜花缘，镜花缘，镜花水月，唯有一缘。

洞天、长湖、别院，误入一帘幽梦。月如钩，湖面泛起涟漪，隐现着溢散开的光色，如同镀上了一层银。残影摇曳着，千层的乌色连叠，漾着无言的幽寂。

在灯火阑珊的街头漫步，下意识地寻找记忆中那个熟悉的身影，饮酒半盏，却是半醉半醒，跌撞行过，仿似记得那身影早已绕过花墙。

长夜将尽，拂晓将至，犹记得送她出旧巷时，那袅袅婷婷的身影，一步走一步向回望，泛皱的眼波似有万语深藏心底，那目光却猝不及防露出锋芒。

摇起一折纸扇，风拂千秋，梦幻般的珠帘落下，点缀着墨染般的街景。

朝霞东起。

残缘仍未了。

骑士的征途

始于勇猛，陷于征途，终于誓约。

——题记

始

那个骑士，那个勇猛无畏的骑士，他要走了。

我看见，骑士背着他锐利的木柄长剑，骑着那匹红鬃骏马，穿着在月下闪着银光的精铁盔甲，手举那面绣着栩栩如生的雄鹰的旗帜，率领千军万马，走出繁华尘世，去了某个险恶的地方。

他去了哪里？有谁知道呢？

我只希望，他能在一个洒满暮光的傍晚，率领着他的千军万马，擎着他的鹰旗，凯旋。他将与我开怀畅饮，讲述这些年的璀璨星空、刀光剑影和他所效忠过的王……

陷

战争是残酷的。前一次大战迫使他后退，遁入了茫茫北

JIAN WEN RU WU

疆，他所统领的大军艰难潜行在冰雪之中，时不时有步兵倒下，他的战友们却仅是麻木地收殓着遗体。

他察看过每一位离去的战士，看见他们的躯体早已僵硬，他们的盔甲和兵器已经失去了凛凛寒光。

有那么一瞬间，征战多年的骑士以为自己也要倒下了。

"或许征途的路……会一直很漫长吧。"

在即将开春时，他的大军终于穿过这片密林，来到了敌国的首都之下。

"列——阵！"他扬起那柄属于他的长剑，即便剑身已经在无数次厮杀中残缺了，但仍然是他身经百战的荣光。他的战马看似将要精疲力竭，但仍然高声地嘶鸣着，令人胆寒。他的战盔布满了刀劈的痕迹，尽管遍体鳞伤，但仍然在最后一战中竭尽全力捍卫它的主人。

罪恶的王轻蔑地笑笑，随即挥师上阵，试图就地解决这一支残兵。

骑士陷入了战阵。

破碎的长剑似乎还能刺穿敌人的胸膛，护卫的重甲似乎还能抵御敌人的攻击，奔驰的战马似乎还能冲破敌人的防线。

哀兵必胜。

战场风起云涌，将士们勇悍的冲击打垮了数倍的敌军。

但终究是强弩之末。

春寒料峭，风雪乍起，飞雪渐渐模糊了骑士的身影。

"纵然前路茫茫，纵然身负重伤，我亦会握紧长剑，为心中那点光而厮杀到底。"

他的骏马最终还是悲鸣着埋葬了自己的生命，日暮时分，长剑和战盔也淹没在战阵之中。

　　他只剩下最后一张留在雪地里的长弓，还有一筒羽箭。

　　他瞄准那顶罪恶头颅上的王冠，挽弓搭箭。

　　铁铸的箭头瞬间击穿谈笑的那人，刹那间，罪恶的王冠落地，粉碎。

　　敌军溃散。

终

　　星河之下，执剑骑士染血的披风在风中飘扬，停在肩上的紫色蝴蝶轻吻了他饱经风霜的脸。

无　仙

　　春雨夜如何。花靥红多。楼高人远燕来过。唯有雕栏桥下水，依旧秋波。

　　金鸭暖烟和。添得愁魔。六铢衣薄嫩寒呵。满院落英飞不去，风月无那。

——题记

　　彷徨四顾，轻拨岁月的琴弦，回忆泛起涟漪。

　　昏黄幽灯发出神秘而寂寞的光，勾勒出那副在悲戚的跌宕起伏中褪色的容颜。

　　卵石击破平静无垠的沉默，粼粼波光如星辰般闪烁，浅浅的笑容随余波摇曳，映入璀璨若琉璃的眼眸。

　　细密的雨织起镜花水月的缘，在两片孤叶上留下斑驳的痕。

　　无仙。

　　无你怎成仙？

古风里观景

GUFENG LI GUANJING

孤饮·对文

立西子湖畔亭前，独望。

春风拂柳，芽叶初现，如融水之淡绿，杯中之清茶。

泥间溢墨香，似天间洒墨，润也，浸也。

云浪翻滚，瑞霞流彩，霎如神临天际。赤日煌煌，耀玉石之缤纷，有君临天下之威，龙腾虎跃之势。

时芳草鲜美，天降雨露渲染，芽儿闪着油亮，深浅虽不均，但仍有唯美可言，乐哉，往哉。

古筝声声，音浪于耳间泛起微波。细细品味，清脆中夹杂着使人耳目一新的小波折，一曲终末兴未尽，得，曲声依旧。

落日至，光洒碧湖，层林静岳，百舸争流，鱼时跃，落时，涟漪圈圈，莹水尽升，最后又趋于平静。

举杯饮茶，推盏，浅浅墨绿，耀金，一饮而尽。

远望，千里江山春色远，万座楼台时隐现。

江南·烟雨

古城春色。

三月初至，便淅淅沥沥地洒下了烟雨，没有要停止的意思，状若长针的雨丝斜斜地坠入湖中，微波轻漾不止。

我乘一叶扁舟，慢慢地游行于这交错的水道中。侧身，慨叹燕莺划过船侧的轻灵，又沉醉于船桨荡起的碧波。

细密的银丝如雾霭一般掩住我的视线，隐约可以听到空灵的箫声，宛若在悲叹着什么，又似在歌颂着什么。

雨色微微淡了一点，现在我可以模糊地看到水乡古老的房舍了，一色的白墙黑瓦，些许泛青的藤蔓爬上墙体，木窗上刻着古朴的纹样。我暗自思忖，也曾有佳人登高感怀于此吧！

葱葱茏茏出了高墙的树枝，于细风下轻晃，枝头的新叶亦是摇曳生姿，令人兴叹。

十里长亭，垂柳映水，叶间抹着一层浅绿，是新春的杰作吧。我摇头晃脑吟诵几章千古名篇后，渐渐止了声。

天幕似灰白的画布，隐隐有几分褪色，正如我之前看到的白墙黑瓦一般。

出了水乡，雨声依旧，烟笼十里堤，长天遍野王孙草，古道无垠瑟瑟中。

古城·冬色

早冬。

初雪已至，古城，正是锦绣年华。

漫步石拱桥，桥上是一些碎玉般的雪，石板间，扶手上。

雪后的天空是纯净的，蔚蓝的。

封冻的冰湖之上，有几个儿童在嬉戏，我凝视着，不禁回望过往的时光。

来往行人很多，似汹涌浪涛，其大多衣裳华贵，而我却独着一身白衣，显得与众不同。

年末将到，为备春节之宴，府中炊烟四起，袅袅升上天空，留下一道道灰白的长痕。

我凝望着高大的悬阁、青石的外墙，还有透着些许生机的绿色苔藓，红木的窗子着一身血色的华服，雕龙的飞檐之上，尚残留旧日的雪。

穿过飘满雪花的城，与一辆高头马车一同进入府中。

两边高高低低的建筑物挤在一起，中间隔着一条青石铺就的步道。飞檐向上，略微翘起，每一个檐角都挂着一颗宝石，象征着来年万事平安，四面八方福来。

　　木质的廊柱上镶了烫金大字。

　　来往的马车很多，热闹非凡。车夫们从容不迫地挥鞭，使马儿温驯地避开来往的人们。

　　日薄夕暮，云彩翻滚，绰约缱绻。

　　抚琴弄弦，音韵依稀。初闻不知曲中音，再闻已是曲中人。

　　夜晚已至，红色的灯笼闪烁着光芒，点亮了整个古城。

空城·莫思

凝视旧城废墟。

穿过弯弯曲曲的小路，路旁散布着微绿的苔藓。

昔日的繁华市井早已湮灭，留下断桥流水，不复往日的光彩。

城楼仍在，两个世纪的岁月深深镌刻在几根残柱上。残柱已似风中之烛，表面的红漆微微有些褪去，现出陈旧的腐木，却仍顽强地立着，诉说当年的光辉岁月。

古钟仍在，轻抚，似筑城墙之青石，有些许粗糙，青铜的质感触手可及，片片碎漆落地，象征岁月的流逝。

敲响古钟，浑厚且绵长的音韵久久不散。

兴奋地凭栏远望，一丝酸涩却突然涌上胸膛。

这里曾经歌舞升平，一派安康祥和。旧日如朽木般坍塌，留下的不过是一座空城。

临府·初春

竹林之间，平湖之心，有一府，名唤清懿府。柳岸近旁，有一阁，名唤清懿阁。

正当春日，细雨蒙蒙，幸得日访清懿府。

穿梭翠竹嫩林之间，轻行于石板陌上，浅绿的枝叶将春雨丝丝汇聚。偶有雨珠滴落，拍扑石板，声响滴答。

清风拂过，有些许青绿竹叶颤动，抖落点缀其上的晶莹，生命活力尽显无遗。

继续往前，石板消失了，只留下泥土小径。

脚步踏过湿润的泥土，留下一深一浅的足印。小径入竹深，却是旧时相识，何为出路？

竹林稀疏了，撑起一柄梅花油纸伞，雪白的画布立刻笼罩在头顶，点缀几朵淡红的梅花。

细如银针的时雨飘落下来，宛如泻下的瀑布四散的水雾，清透而又脆弱。

走上木质的驳船，倚在舷边，透过舷窗向蒙着一层雾霭的远处看去。群山在雾的衬托下，显得更加神秘而富有诗意，就像中国画那一笔笔淡墨。

俯首四顾，水面在雨丝的滴落下泛起阵阵涟漪，那水清澈见底，几条鱼儿从水中掠过，一对流莺悄然飞近船侧。

几棵翠绿的柳树站在岸边，朱楼碧瓦悄入眼中——到达清懿府了。

推开悬阁的门，扶着红木扶手，沿着青石石阶走上去，偶尔可以看见几盏灯，给人一种厚重的安全感。

不知不觉，咸咸的汗水已浸湿了衣衫，终于登上了顶阁望远之处。

晓雾已歇，天边掠过几只飞鸟，一片云彩微微散开，露出太阳，灿灿的金光洒下来……

时雨，初晴……

山行·寻友

山行，焉知。

此行为访一潜居深林之隐士。

行于石板路上，有层林翠竹左右互依，枝叶隐隐约约透着茵茵的绿，淡雅清新，富有灵气又内敛，未有盛时之狂傲。

透过斑驳叶片间的微隙，观天间，层云翻滚。

山野早已在春雨的浇灌下，洗尽铅华。岭里溪涧汩汩，桃花亦泛滥般延伸，粉红遍布，虽非极盛，但仍有七分秀逸风姿。

路旁灌木已然极盛，绿得油亮，仿佛涂上了油彩。枝上晶莹剔透的水珠不带丝毫杂质。

忽闻鸟鸣阵阵，清脆悦耳，顽皮灵动，然只闻其声不见其身，终隐没于林间。

时雨降，细如银针，密如繁星，又见雾至，顷刻，视线模糊，像身处仙境般梦幻。

走着，走着，伴着雨水滴上石板的噼啪声登上山巅，衣衫早已被汗水浸透，却浑然不觉。

湿润的山风刮来，将云吹皱，雾乍散，雨骤停，阳光金灿灿地洒下来。

一座古色古香的小木屋映入眼帘，屋檐下，一人正手持墨笔跪坐于案前，风掀起他的长衫，衣带飘飘宛如仙人模样。他安然浅笑，勾绘一卷残云……

西江·独行

四月，正是芳草鲜美之时。

舟车劳顿，行至西江之畔。

汗水浸湿了衣衫，额头和脸颊上也挂着几滴汗水。于是卸下行囊，盘坐于碧绿的草滩上小憩片时。

不知小眠多久，醒时已是正午时分。

太阳高挂，绚烂，明亮，闪光彩，得蓝天白云陪衬。

天空只由金、蓝、白三色清晰勾勒，很简洁，且无江南的小家碧玉之风。每种颜色都是纯净而不带任何杂质的，似随性的艺术家怀揣着豪情以粗糙的墨笔创作出来的。

赤日炎炎。

"仅是孟夏之季，阳光倒是这般火辣了。"

全身上下又是大汗淋漓。

继续走，目之所及皆是肆意生长的野草，无边无际，淡淡的草香挥之不去，叶尖泛着微露，隐约有夏蝉的鸣叫声。

驻足于此，观望。

草滩之隅，小桥流水，唯茅檐一顶。

径直向茅屋踏去，见一人正锄地于绿意田间，身披白褂，头顶斗笠，是布衣模样。

　　清溪横穿草滩，倒映着天边的云霞，潺潺溪水泛起涟漪，通透可见沉石藻藓。

　　过石桥，脚下的青石板略微有些松动，桥上青苔泛滥，可知其年代之久远，桥身之上遍布着摩挲过的痕迹，还有雨滴坠落后的斑驳。

　　鸟儿鸣叫着掠过，飞影在天中浮落。

　　旅程未尽，继续前行。

中秋·祥和

中秋佳节，张灯结彩。

漫步街巷之中，秋色已是无边溢散，霜叶飘落，泛着血染的红。

隐隐闻到各家的月饼香，余味绵绵，有阖家团圆的烟火气。

时值中秋，定会有人因琐事缠身无法归家，也定会有人借酒消去愁思——且有可能作出数章千古名篇，似李杜、苏辛，哪位不是在酒后撰出华章的？

酒香定是不必多说的，对诗纵是"莫许杯深琥珀浓，未成沉醉意先融"。

酒楼招牌高挂，珍馐美馔香气四溢，座无虚席。还记得初春有佳人独坐，此刻便是成双作对了吧。

闻有歌舞升平，便循声而去，青石板的路还留着前些日子的积水，脚步迈上便响起轻微的啪啪声，当平添了几分烟火气吧。

衣袂翩翩然挥起，任由晚风拨弄着长衫的袖口。

再向前，看到两小无猜嬉戏街头，会心一笑，曾经的我也是如此啊。

几个掌柜坐在店外闲侃，老人们去巷尾摆开龙门阵听先生说书，还时不时地逗逗身旁的孩子。

熙攘人群安乐祥和，美味佳肴十里飘香，衣襟飘逸翩翩起舞，欢声满堂又是团圆，好一幅绚烂的中秋图景！

天色渐晚，独走小巷，叩门，晚宴已始。

向桌上人道一声岁月静好，阖家团圆，三杯两盏下肚，尽情抒怀。抬头望去，那白玉盘又复圆满。

追忆·交织

回到故里古巷。

曾各地迁居，经历城市繁华，也偶尔隐于山林，却仍是心无定所。

只有此地，才是心之所向。

独伫在巷口，见夕阳薄暮，淡蓝与金橙相织一片，缕缕炊烟，袅袅升起，依旧，依旧。

百亩水田依然在，水面波光粼粼，秋色已溢，巷边至远山，皆是丰收之色。

我惊喜于一切都是旧时的样子。

再度踏上巷子的青石板，感慨万千。

时光荏苒，物是人非，但我依旧识得一切，是我记忆中的面貌啊。

古巷的墙面还是老样子，泛着层层青苔，可颜色却更加深重了。这就是过往的岁月，逝去的流年，在不知不觉中刻上了自己的记号。

巷中弄弦的小女孩还是照样拨弄着琴弦，修长的手指在弦间跃动，奏出清脆的乐曲。

屋檐间有水珠滴落，好似挂起一道晶莹的帘子。

　　柴火在巷中每一家的炉灶里燃烧，菜香从门缝里、窗帘里、烟囱中透出，进入我的鼻腔。

　　慢慢地走，缓缓地行，看着孩子们像当年的我一样嬉戏打闹，看着老人们身倚椅背摇着蒲扇闲谈。

　　曾经执拗地认为这里的生活无趣，经历过喧嚣和风浪后，才觉莫名温馨。

　　就是这栋旧房子了，木门虚掩，窗纸褪色。

　　轻叩。

　　"我回来了。"

醉枫·染墨

晚秋时节，行至深山，独坐枫林之中。

天朗气清，万里无云。

清风拂过，血染般的枫叶落下，在空中尽情地飞舞着，最后停泊于地面，铺出一片血红的艳毯。

身着一袭飘逸白衣，盘坐红木书案前，设"文房四宝"于桌上，置半壶淡绿龙井于侧方。

小抿一口龙井，只觉清香四溢，甘甜压倒了一切，即使有丝丝苦涩。平淡中不乏淡雅，与世无争的清高中又不乏世俗的随和，这是我最欣赏它的地方。

摊开一卷纯白的宣纸，笔头浸满墨汁，左手压纸，右手执笔，准备谱写一篇诗作。

我屏息凝神，思如泉涌，在纸上留下了一笔一画。

专注地投身于书写，笔画不拘泥，时而轻盈，时而沉稳，飘逸若天空翱翔的龙凤，端庄若温文尔雅的书生。

点滴微露沾湿了我的衣裳，鸟雀在树梢啁啾，斑驳的阳光穿过枫叶的间隙投射到我的身上，让我觉得暖暖的，很舒服。

向杯中倒入小半杯茶，仰头，一饮而尽，顷刻神清气爽。

一片殷红的枫叶飘落，随风浸入我的墨水之中，微醉的枫叶染红了我的墨水……

思绪若泉涌一般，我继续执笔，赋予诗词以生命。谱下的诗篇各有风采，有如醇酒，有如淡茶，有如浮云，有如宝石。

日头偏西，天色渐暗，虽然我很留恋枫林，但龙井已饮完，宣纸也已用尽，只能收拾东西，离开枫林。

又一阵清风吹来，血染般的枫叶还未飘落，我却早早离去了。

生活之画卷

SHENGHUO ZHI HUAJUAN

华夏新春

编程课结束时，五点一刻刚过。

淡蓝的天空中浮着半卷微云，残阳斜斜地挂在地平线上，由着微寒的风吹过。

搭上 100 路公交车，刷了卡，照旧坐在最喜欢的后排。

透过玻璃凝望窗外的新春世界，街头人群熙熙攘攘，车辆川流不息。来往行人的脸上布着不同的情绪，有的是疲劳，有的是匆忙，有的是兴奋……但或多或少都透露着即将与家人团聚的幸福。他们手里大包小包拿着的是年货吧，腊肠、鱼干和腌猪肉的香气缭绕在街上、车里，以及每一户人家中。

大红灯笼高高地挂着，闪烁着新春的流光溢彩、吉祥美满。

夜色渐渐暗下来了，路灯亮起来了，一排排建筑物的每一个窗口也都亮起来了，一束束光柱在街道上游走，直到遇到一个接一个的绿灯。这一年最后的璀璨光华印在人们的心中，久久消散不去。

好一个锦绣年华，好一个华夏新春！

不知不觉间，我已然到了家的楼下。淡淡的米香似乎已经扑进我的鼻中。

叩开家门，见大家都在，便拱手道一句岁月静好，愿年年有余，岁岁平安。

席间，亲朋好友推杯换盏，即便是最普通的家宴，也依旧是大人谈笑风生，小儿戏耍席旁。

聆一曲琴瑟，空灵的曲调萦绕在耳边。

去年，我们听着这曲子迎接 2019；今年，我们听着这曲子告别 2019。

酒席散，去广场赏烟花，无数的鞭炮在回旋，无尽的烟花点亮夜空，闪烁着的绚烂光芒勾勒出一幅画卷，这是未来的色彩。

跨年的钟声如期响起，无数的中国人，不论是在海内还是海外，心中都在默默倒数三个数"三、二、一"，然后跨过新年的大门。

琴瑟和鸣共谱团圆乐章，漫天烟火共绘新春画卷。

夏日游湖

　　七月半，我结束了学苑生活，背起书囊便想在湖畔走走散散心。

　　湖水闪着粼粼波光，明澈见底，映着天水一色的胜景，周遭的扶柳与石阶石栏在水波荡漾中略显朦胧。几个小童在岸沿顽皮地丢掷石子，水花跃然蹿起，剔透的水滴折射骄阳的碎金，又复成了七色的流光，融在碧波万顷里。

　　通透如翡翠的叶的边缘镀上了三两层的阳光，最盛的绿荫染了最傲的碎金，显得明媚而艳丽，遮天蔽日地掩住了卵石铺成的小径。

　　水边的草滩同样泛着绿意，有如均匀地洒了墨，其上一位少年随意地躺着，未读完的书半掩在面上，乌黑的头发在阳光下愈加油亮。一旁的少女坐在小椅上爱恋地看着他，她的长发飘扬在暖暖的夏风里；渔者戴着斗笠，撑起竹鱼竿静静地坐在水边垂钓；老人挽着伴侣，慢慢地走在曲折的青石板路上。

　　好一幅美好的人与自然构成的画卷，我暗自思忖道。

　　在路尽头右拐，现出石桥一座，漫步踏上，见石阶犹新，未有苔藓，雕栏上刻的文字清晰可见，好一处未经岁月磋磨的新景啊。

　　下桥后经过一片花海，满满地填着姹紫嫣红。我并未留恋，继续前进着。

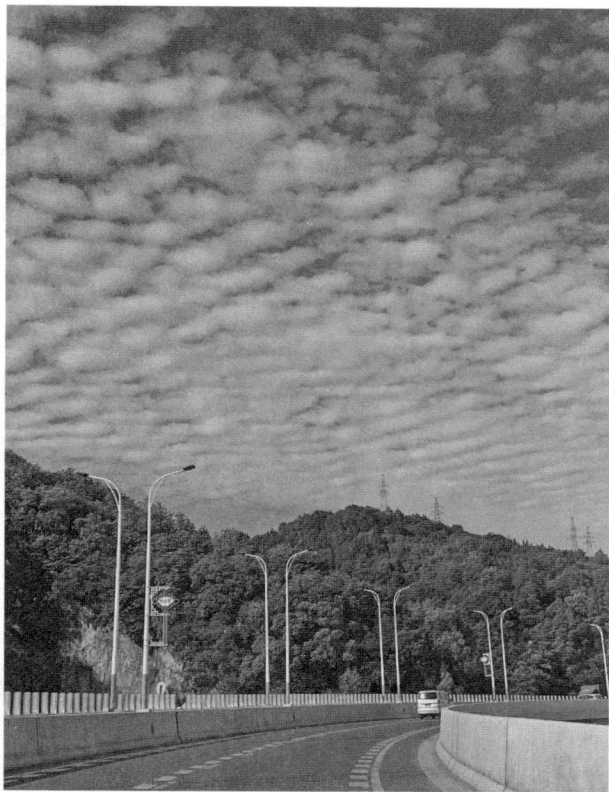

初　夏

　　骑着自行车，沿着浅溪旁的小路，向太阳落下的方向骑行。

　　太阳把余温投在湖畔的风里，风把衣袂吹得飘飘扬扬，金色的日光染在皓白的衣衫上。

　　江南七月余，正是生机极盛的时候，草木郁郁葱葱，铺满石径两畔，树木和远山一道从石径延伸过去，直至目光尽头。

　　云层被风撕作两半，在碧蓝的晴空现出诗意，不规则的边沿有磅礴的美。太阳的耀光在云中赤红地染着，更高一点的天被晕染得模糊而可爱。

　　石桥横贯在岸与湖心间，三两个拱撑起旧时的故事，每块被垒砌的方石都历经了长久的岁月，雕栏隐隐生出青苔，石阶也在岁月的磋磨中变得越发平滑。

　　蝉鸣渐渐归于无声，鸟鸣是有的，但也不多，轻轻织成一曲单调的乐章。

初夏的傍晚

太阳过了最炽烈的时候，现在温和地将万里金波洒在辽阔的水田里。

电线杆在万顷田野里倾出长长的斜影，恰好落在前行的小道上。

太阳微微西颓，天边隐约勾勒出明月的面纱。

田野似被镀上了金丝玉锦，柔美的金芒闪烁着。

晚风伴着悠扬的笛声和蝉鸣来了，轻快的曲调缱绻难舍，飘荡在过往行人的耳旁。

西云被太阳染成了流光溢彩的渐变色，明黄，橙黄，微粉，到将近地平线时的嫣红。

这是黑暗与光明的画作。

人们大概是结束了一天工作都回到了家吧，炊烟起，袅袅婷婷的，在残阳里化开，化为一缕缕让人贪恋的烟火气。

太阳在天地相交的地方盖住了半边脸颊，缓缓沉没。

太阳化作了一条红线，那红线正消逝着，渐渐沉入地平线。

黑暗初上，整个天幕只剩下明亮而清冷的月光。

地平线处，遥遥地传来喑哑的蝉鸣声。

春日春风春之语

骑行在小巷中。

穿过片片绿荫，冬的萧条已然过去，接下来便是春的主场。

"可这天气，已经是夏了吧。"我心中默默地这么想着。

但是，春才刚刚来到，我明白的。

道路两旁的树早就枝繁叶茂，目之所及都是经过青墨浸染般的绿。

墨绿是在两旁的灌木丛中的，它正在展示一种狂放的绿，一股极盛的傲气。

青绿是树上叶片的，那是一种还在生长的颜色，焕发着勃勃生机。

浅浅的绿，是石缝间的苔藓，虽然没有阳光的照耀，但却挡不住它们的生机，它们也在顽强地生长着。

昨日的雨仍留有痕迹，车轮碾过，晶莹的水珠在石板上轻灵地跳动。

在偶有浮石的道路中行着，车轮在石子间颤动。

路上有许多行人，有男女老少，白领工人，或是单行，或是三三两两，或是成群结队。

春回大地，万物复苏的时刻真的到了啊。

　　春风轻柔地撩起了我的衣袖，甚至没有让我察觉到一丝一毫，然后灌进我的衣服里，转瞬又悄然钻出，摩挲片叶，吹开花蕾。

　　这也许就是春的语言，复苏的语言吧。

　　我沐浴在阳光中，抬手便触到一抹流金。阳光被横贯而粗糙的树枝切成几块不规则的碎片，虽是无形，但却有意，暖暖的，是内心深处的那个记忆，像糖果，像每一个夏夜的晚上，更像所有能触动你心灵的弦。

　　绿荫还在延续，直到街巷尽头……

拂晓车站

离别，是为了更好的重聚。

——题记

凌晨，无边黑夜笼罩着大地，其中点缀几颗暗星和一轮不太圆的月亮，它们都已开始西沉。

一处小小的公交车站，两个人，一男一女。

她还是执意要走，去很远的地方，我是来为她送行的。

此刻，还早，没有去机场的车。

但我仍能感觉到，星星和月亮正在向西下坠，游离的薄雾将散，天空正在一点一点明朗……

其实两人早就哭红了双眼，眼神也暗淡了，毫无生气，却还要装作很高兴的样子，聊着离别前最后的话题。

4点，5点，6点，时间在一分一秒流逝，总感觉和她有说不完的话，以前的事，现在的事，都是我们谈天说地的对象。

她虽然笑盈盈的，眼中却泛着泪光，在月光的掩映下，星星点点，像深空中的希望。

我想说很多挽留的话，却又一句都说不出口："你真的……要走吗？"

她转过头来，轻声道："真的，我永远不会忘记你们，和你们在一起的时光是我在年少时候最快乐的留念，有你们很好。"

"那……你为什么还要离开？"

"因为我想探索更好的生活方式，我们的未来应该由我们自己做主。你以后也会因为各种各样的原因离开这里，不可能在这里安逸地过一辈子，所以，这就是我要离开的理由，也祝愿以后能更好地重遇吧。"

"好吧，既然我最终还是挽留不了你，就只能祝你未来快乐，再见。"

我听见啜泣声和汽车引擎发动的声音。

透过眼角的余光，我看见，她从窗中探出头来，朝我挥手。

顺着晨曦的方向，我向家走去，心中却不知为何涌上一阵酸楚……

港口·散记

已近黄昏，伫立港口，眺望远山。

这座港口被群山包裹着，三面都是山岭，一面朝海，似乎与外界隔着一层薄薄的屏障，窗户纸般一点就破。

海浪拍击礁石，泛着白色的泡沫，汹涌的波涛声一直在持续。

海水成镜，清澈地倒映出天色，在金黄而不炽烈的阳光下，显出浅浅的湛蓝。

天和海水仿佛交融在一起，借几抹淡淡的白云才能依稀辨出何谓云天。

海天相交的一线，白帆和薄烟出现在那里，它们越驶越近。那是正在返航的渔船群。

高飞的海鸥掠过海空。

太阳挥洒着日暮前的最后一些光，给世间万物染上流金。

岁云暮兮，日西颓。

斑斓的火烧云上来了，在天边摛着流光溢彩的色块，璀璨夺目。

港口升起袅袅炊烟。

夕阳是那么美，可无边暗夜即将吞噬一切。

　　轻柔的晚风中，隐约传来悠扬的笛声，这是夜的奏鸣曲。

　　太阳逐渐沉入地平线，在天地相交的地方，化作了一条红线。

　　那红线正变得越来越细，越来越短。

　　太阳落下，漫漫长夜降临了。

　　港口陷入了黯淡之中。

　　只有一座灯塔闪着亮光，似风中摇曳的残烛的辉，默默地亮着。

过往的故事

迎面吹来柔和的春风，拂乱了她的长发。

我木讷地伸出笨拙的双手，布丁般滑嫩的风从指尖溜走，手轻轻地一颤，忍不住想抓住这难以言喻的感觉，但它却如时间般，从不为他人停留，就像细沙攥在手里一样，终将有一刻漏失殆尽。

思绪不禁回到了几年前的一个下午。

依旧是那样浅灰色的石板，依旧是沧桑的建筑。一个少年背着小提琴从远处走来，然后又要向远处走去，他大概不会再回来了。面对着他的女孩用余光窥见他的身影，似乎呆滞了一下，随即又恢复如常。女孩的眼中划过一丝无奈和悲伤，男孩则是淡淡地擦肩而过，仿佛是不经意的碰触。殊不知几年后彼此对最后一面竟是那般留恋。

皎洁的月亮高挂在深蓝色的夜空，空中偶有星星点缀其间。轻快明亮的灯光照亮了曲折的柏油小路，仿佛荡起圈圈涟漪。遥远的，我看见有一袭白衣，漫步时身上散发出一层淡淡的光晕，走过之处好似有水纹轻漾。

似乎是提琴弓弦颤动的声音传入耳际，唤回了因怀念曾经而与现实重叠的我。脸上已有两行清泪滑落，胡乱擦了擦脸，疲惫地闭上了双眼。

和煦的糖果风

　　不知道为什么，特别喜欢糖果。

　　也不是因为喜欢吃糖果，只是总觉得糖果有一种特别的魔力，吸引着我。

　　或许这只是一种情怀，一种留恋。

　　小时候，奶奶带我上幼儿园，总会往我兜里放几块冰糖。

　　冰糖甜甜的，很好吃。

　　也许这冰糖真有什么神奇的魔力，可以让上幼儿园的我不像其他小朋友一样莫名其妙地哭。

　　那感觉，就像一阵暖暖的糖果风，亲情系在其中。

　　嘴角一抹笑消之不去。

　　后来，上小学了，不再吃冰糖了，改吃其他花里胡哨的糖，虽然味道还是一样的甜，口味也愈加繁多，却总感觉缺了些什么。

　　一直找不到答案。

　　假期将至。

　　一个自诩文学家的人也必然是敲击着键盘度过。

　　前不久，住在广州的老友发来消息，问我最近如何。

　　我问她，为什么感觉自己后来吃的糖味道照样甜，却总感觉缺了些东西。

"你很久没吃冰糖了吗?"她知道我以前最爱吃冰糖。

我从电脑旁走开,到橱柜里四处翻找,终于在一个不起眼的角落里,看见了一袋冰糖。

也许已经尘封了很久,但我明白我已经寻找到我要的东西了。

是很早时候家里人买的。

是一直所盼求的记忆啊。

我对她说:"多谢,或许我知道了。"

斜　阳

近黄昏。

西面的残阳摇摇欲坠，给云彩渲染上渐变的彩色，尽管这彩霞已逐渐西沉，却依然十分美好。

天幕上的霞光光怪陆离地闪烁着，是近日旁侧的橙红，日轮旁的柠黄，接着便是冰浸的深蓝。

抬手掀起帘帐，推开窗扇，望着窗外的繁华。

斜阳的碎金打在我的手上，嗯，是带着些许温暖的啊！

漫不经心地在键盘上打下两行字，便举杯，小抿了一口清茶。

时间转瞬而过，斜阳化作粒粒碎散的光斑，泼洒在了我的键盘上，慢慢地，金箔淡去，只剩下了片片赤色。

残楼的斜影，被拉得很长很长，最终消失在视线中。

天幕畔的霞光均被染成了血红，栋栋高耸的建筑，都被抹上了绚烂夺目的朱红。

隐隐可以闻到些许烟火气，该是有人在做饭吧。

来往不息的车辆，涌出又涌入每一条街巷，似乎宣告着复苏的时刻已然到来。

  残阳在地平线化作一条红影，渐渐下沉，直到彻底地潜入深渊之中。

  我叹息着，却又释然，太阳在明日还是会升起的。

  天幕渐渐暗了，凝眸，早已有满天星辰同万家灯火融入眼中。

落　叶

夜晚。

我静坐于书桌前，一盏台灯默默地亮着，散发着像来自那数万光年外暗淡星辰的光。

想提笔写篇文章，却又不知如何落笔。

也许因为我的心中惦记着一个，或一些人。

正想着，一阵清风徐来，我的杯中漾起了微波，突然，一片殷红的树叶落在了我的窗台上。

我不知道为什么现在还会有落叶。

这片落叶本该属于早就走过的那一季忧伤，本该像流水一样滑过指尖，可是，它却保留了下来。

它与周边的世界格格不入，周边的世界是生机勃勃的，它，却充斥着一种惆怅。

但它仍然很美——凋零的美。难道不是吗？它被岁月湮灭的过往无处停留，也无处涉足。

只能像一首可歌可泣的诗歌，化在世俗的记忆里，讲述着它辉煌的过往。

但是，世界不会记住它——因为它太平淡了。

这也许就是它最可悲的地方，只能在烟波中逝去。

可能在茫茫宇宙间，人类也只是像这片落叶一样，如一颗流星，划过天际。

又一阵清风拂过。

落叶飘走了。

我无动于衷，也并没有挽留它。我只是想让它接受一次风儿的洗礼，像它静静地来造访我一样，静静地离去，告别这世界。

这个世界上记住它的，唯我一人。

以后的几十年，我会一直在记忆中描摹它的样子。

落叶·归根

一阵秋风粗暴地掠过枫林，林中落下一地枫叶，杂乱又没有章法。

我走过小路，被这景象吸引住了，俯下身去察看。

那些落到地上或黄或红的枫叶是那么美，像天边的云霞，像跳动的火苗，可是已到风烛残年了。

但我并没有替它们感到惋惜。

万物总有从生到死的一个过程，它们在春天发芽，在夏天长大，在秋天凋零，在冬天陨落，还为来年枫树的生长提供了养料。

它们从没有离开过自己的家，也算是落叶归根了吧。

仔细回想，人的一生也一样。一生一落，一落一生。

所以要珍惜当下，珍惜时光。当你落下的时候，后悔，也已来不及了。

甩掉金钱、名誉与利益，才能真正放松，才能真正落下，没有挂牵。

我又开始了我的行程，离开了这片枫林。

铭记那一幕

首

时光流逝得如此之快，甚至当我还没有察觉到时，它就已经没了影。

六年时间就是这般过去的。

匆匆忙忙，就要毕业了。

写下这篇短文，是为了怀念那一段一段的故事，纪念那一个一个的同学。纪念册里，无数鲜活的身影跃然纸上，他们，都是我曾经或现在的样子。缩影也好，记忆也罢，我的身上，耳濡目染地有他们的影子。

一

最后一次一起拍照。

那天的毕业照是分四组拍的。

所有人都在用吊儿郎当的态度来掩盖期末繁忙学业的重压，还有即将分别的悲伤。

我也一样。

几个家长坐在一旁欣慰地看着自己的孩子，讨论着一些杂七杂八的柴米油盐，可能是觉得孩子们长大了吧。

谁都流露着高兴的神色，但谁都是感伤的——从他们眼底深处的那抹不舍就可以看出。

我们几个男生勾肩搭背，还互相嘲讽对方的穿着，但那背后是最纯正的少年时期的友谊。打打闹闹是常有的，但都未真正伤及感情。

"一，二，三，茄子！"给我们拍照的小哥瘦瘦的，声音拖得很长。

"西瓜甜不甜？"

"酸臭！"这是我们班男生一贯的特色，捣乱搞事才是我们的天性，可也仅仅是逗逗口舌。

摄像的小哥好像是不甘心，来了一句："我帅不帅？"

"丑死了！"洪亮的声音传遍整个拍摄楼。记得"帅"和"丑"是朱知临"引入"我们班的，四年级时，他几乎每天都要来上百句"我是帅哥你是丑哥"，"丧心病狂"到无法形容。久而久之，我们被耳濡目染，从此见人就说你丑我帅变成了我们班的一个"习俗"。

"男生帅不帅？"

"帅死了！"

咔嚓一声，闪光灯骤亮，所有男生女生摆出最靓丽、最引人注目的姿势，留下了最美好的一幕。

二

最后一个六一。

最后一个儿童节其实是不完整的儿童节，因为不在本校，也没有以往的游园等活动，所以我才说是不完整的。但在我心中它又是举足轻重的，确实，转瞬十二年便过去了，童年终焉，最后一个儿童节自然是重要的，它相当于我童年时代最后的几个月时间，并且还在不断流逝着。

说实在的，我不舍童年，不甘愿放弃天真、可爱、顽皮这一系列形容小孩子的词。但是我懂得，我必须成长，跨过一个个曾经看似天堑的鸿沟。记得那天毛老师借着阅读理解的题目说，我们应当学会自己挑起责任的担子，她不可能陪伴我们一辈子，我们也要前行，要长大，会遇到更好的人。

比起最后一张毕业照，这个六一带给我更多的是感叹。老校区重建，分离的不舍，不愿长大却明白必须长大，还有将要毕业的学业压力，都是触及我心底的，这个六一也可以算是结语之前的高潮了吧。

有些人，有些事，在你并不在乎、不珍惜甚至并不为此在心中留有痕迹时，便悄悄溜走了。当你察觉到时，却已经接近尾声，无力挽回了。我的小学生活亦是如此。

珍重每一件平凡的事。

三

最后一次在小学阶段努力复习。

我开着台灯,坐在桌前复习着课文。夜已深,而我却全然不顾,打了几个哈欠便继续俯下身子做笔记。

为自己的未来负责。

年后脑子里的东西早已忘了七八成,所以更要努力复习,谁不想在儿童时代退场的时候画上一个完美的句号呢?

四

最后一次骑车。

期末考试结束,我们毕业了。

毕业典礼后,我们就各奔东西,有的人可能此生再无重逢之日。

我一改往常期末复习时急匆匆的样儿,坐在早餐店里细嚼慢咽,绅士般不紧不慢地夹起一块饭团送到嘴里,细细地品,仿佛这饭团融进了六年流年岁月,我在回味。

"夏彬然,你怎么还没吃完啊!"熟悉的车铃声响起,是韩宇淋,我的好哥们,未来初中将和我同校。

"快了。今天又不是临近期末考那会儿,急个啥子?"我又夹起一块饭团送到嘴里。

"够了够了,你快点!"韩宇淋听了我的话愈加烦躁起来了,示意我吃快点。

我端起盘子把剩下的饭团一股脑倒进嘴巴里，然后一个大跨步冲出店门跳到自行车上，但当看着韩宇淋身边的人时，我有些惊异，匡廷、盛浩他们都骑着自行车来了，匡廷说："好兄弟，要走一起走。"

"走嘞！"

林荫小道上，一队骑着自行车的少年经过，他们为了梦想而前进。温暖却不炽烈的碎金落在石板路上，偶尔会有阵风经过，几片湛绿的树叶飘下，落在单车的车筐里。时不时会有几个行人经过，车铃铛的声音响起来，宛若摇曳的风铃。蝉鸣唱起来，却不觉得刺耳。单车载着我们的欢声笑语渐渐远去，渐渐消失在人海。

快要到学校了，我对他们说："此去一别，不知何时能再相逢。宇淋，南浦六中见。匡廷、盛浩，有缘再相聚。"

"到时候，我请客！"

"就记住你这句话了！"

结

那是
我自己的童年
十二岁以前的童年
梦中
一望无际的田野
蓝色的风筝
划过

万里无云的天

那是

夹心糖的味道

酸酸甜甜

妙不可言

幻想与现实的边缘

夹杂着

柔软的童年

那是我

小小的王国

那么近

又那么远

六岁那年

对着蛋糕许愿

六年一闪而过

好像一阵风

轻轻地吹

墨染之夏

暑假来了。

我曾想过很多过法，比如看书、打游戏，又或者写作业、旅游。

暑假的最初几天，我一直在纠结，这个暑假该怎么过。

每次想这个问题的时候，我就头大。

究其原因，还是一个字——懒。

不过，后来，我找到了暑假真正的过法。

"作业帮"里的老友晨曦要"退役"了，在真正离开之前，她给我发了几个字：请你对作文，继续热爱下去。

仿佛一语点醒梦中人，我要继续热爱下去。

想当初，我那么努力学习作文，才得今日近乎行云流水之势，如今，怎忍心放弃这条自己为自己铺就的康庄大道？

我给她回了一句：星光不负赶路人，时间不负有心人。

此刻，我和她会心一笑。

于是，我决定，带着她对作文的这一份热爱，继续砥砺前行，让我执笔，写下一篇篇作文，让墨气氤氲我的整个夏天。

青石巷

记不住日期的那个下午，下着雨。

我又回到了那里。

撑着油纸伞站在巷口，脚下的石板路在岁月磋磨下早已布满青苔，缱绻地染着浅绿，在满目凋零里看见一些生命的色彩是令人欣慰的吧。

兴许是长大了吧，会安慰自己了。

丝丝秋雨落在脚下，有的浸湿了伞里的世界，有的浸湿了伞外的世界。泥土里散发着清香。眼前本应有我年少时看过的风景，但现在已经不复存在了。

面对废墟，无言。

抬头望向天空，无尽的雾霭穹庐般笼罩着天幕，灰蒙而压抑。

而这种天色又是勾人回忆的。

沉默许久，终究还是迈出一步，又迈出第二步，第三步……

野草杂乱地生长在石板路的缝隙里，即将褪去生机。它们在几百个日升日落、月起月坠中草率地生存着，只留下微微的枯黄，从芽尖开始。

　　余光突然瞥见一个高大的影子，应当是那棵树吧，我第一次来到这里时，它无声地散着花叶迎接。

　　它有几百载年岁了吧。

　　它似乎想加快脚步去追逐将要消失的东西，但又慢慢地放缓了步伐，毕竟是未来可能再也得不到的东西。

　　但终究还是擦肩而过，我轻轻地摩挲树干，掌心粗糙的线条也像有了感应般无声共鸣。

　　它其实早已死了。我不顾眼前的凋敝与枯黄，执拗地认为它仍然存在，直到现实逼迫醉在梦里的人走出虚幻。

　　与它们匆匆作别后，我快步向前走去，不一会儿，眼前横贯的清溪将废墟一分为二。

　　心中又升起了无法抉择的忐忑，不知我将会遇见怎样的侥幸或悲哀。

　　从兜里掏出来一个硬币，正面向左，背面向右。不巧硬币卡在瓦砾和石板之间。

我轻轻叹了口气，隐约忆起故居在溪右。

那便往右行吧。

雨丝溅落在清溪里，激起阵阵涟漪，水欲停而雨无意。

从行囊里取出最喜爱的碧茶饮下，淡淡的味道让唇齿含香。

随便找了块较高的坡站着远眺，依稀还能看到熟悉的白墙黑瓦，但更多的早已化作自然里生物的栖居地。

我心心念念眷恋着的地方，这里曾有很多朋友伴我左右，而今都已杳无音信，不再联系。他们仿佛从我的世界里不动声色地消失了。

拾起一块石子，用刚好的力气投掷在溪中，怕使什么东西碎裂似的，溪面仅泛起了微微的涟漪。

时　雨

时雨落，仲夏时。

黄昏与夜的交界，蓝紫一片从东渐渐洇到西，待红线彻底沉到地平线之下，蓝紫也就染满了天空。

倚着站牌等待一辆公交车，此时车站已经拥满了晚高峰时下班归家的人们。

雨斜斜地落下，镜片上满是斑驳的晶莹，眼前的世界貌似覆上了轻纱，却又是泛着色彩的，一切发光的物体在镜片里映出迷离的光色。

路灯橙黄的光将一切点缀得光怪陆离，两旁的绿化带在光的照映下，于墨绿中镀上些许橙黄。

风在雨里也是冰的——炽热夏天里为数不多的清凉。我把手探出，让剔透的雨水盈满掌心。

钢筋混凝土层叠成刚好的形状，是高高矮矮的建筑，那些建筑的窗口里也有光，我凝神去看，发现窗上也密密地覆盖着雨滴。

抬起手腕，看向手表，还需两刻才会驶来公交，这时晚高峰才刚刚过去。翻开随身携带的书，从一篇名为《雨》的散文中摘出笔记：

> 时间如雨，缓缓落下，默默无闻，滴落大地，却遗忘于岁月，尽时，尽雨，叹尽人世悲欢。

为 霜

有幸来到温州山野间游玩。

背着包，踩着石阶，步履轻快地走在湖畔回廊那一寸相思地之上。

天边翻着几抹乌云，茫茫冬景，山里有水，水里有山。

粼粼的波光与天边山间的晨光相辉映，山色天色如何，水色亦如何。

晨霜渐渐在时间的流逝里淡下来，透过云层的暖阳绘染颜色，橙黄里染了微醺的红晕，碎金中还微微带着点和煦，冰雪在和煦中消弭了。

人去风吹过，而风细，湖心亭间，有几人伫立？摩挲那古老的岸阶，像是摩挲着岁月。

风将历史的篇章曳过，几粒青苔爬上石板。也许，这里曾经繁华过，湖心亭，回廊，都像是一个个鲜明的历史故事，述说着当年的繁华。

收去对历史的感叹，沿着卵石阶继续前行，我像个旅行者，又有点不像，更多的是一个旁观者，评说着这一切。

亭子破了，可以再修；回廊老了，可以再建；而心走了，却回不来了。

周围的山林，翠绿之中带一点浅黄，可能是要"归去来兮"了吧。枯叶失去盛夏晚晴天时的繁盛，氤氲着暗淡与枯萎，如同消逝的生命，而我颇有"念天地之悠悠，独怆然而涕下"的悲怆。

初雪落下，带走了最后一丝萧条，取而代之的是一个银白的世界，披银挂霜，如梦似幻，像童话故事那般不真实。

雾气腾起来了，遮盖了远方群山的轮廓，掩住了那个童话般的世界，减慢了前进的步伐。

潇潇冬雪悄声落下，唯有那无尽的铃声在山中回响。

路尽，一座石拱桥横跨两岸，三座大山亦为水堤，而那石拱桥极高，眺望着远方的一切。

云散了一角，太阳微露，散了雾，止了雪，山色复现，落霞孤鹜同飞，湖光山色入画。

太阳橙红的光色如掠影般投进泛着微波的水里，泠泠的水波漾起耀眼的橙色。

未　央

在深夜的庭院里，有很多未央的故事，未央的人，未央的史。

我手执火把在昏沉的天地间潜行，过三桥走两巷，叩响了这座庭院的门。

门没有锁，叩的时候一推便开了半边，火光中隐隐约约看到门上的漆在岁月的摧残下变得斑斑驳驳，上面还有蚁蚀出的洞。

走在长长的回廊里，火把的光朦朦胧胧映在前行的路上，屋檐上还有余水渐渐沥沥地落下来，在光的照映下现出一圈微亮，而后落在石板上。

庭院中央生着树草花竹，都是有美丽颜色的。月光染在它们身上，还有石板上面，像是穿上了银装。耳边有蝉鸣声，还有不知何处传来的悠远歌声和筝鸣声。

抬头凝望，月朗星稀。

前行了不知多久，在庭院最深处的一个房间，我见到一个人。

她轻轻抚着琴，不回头望我，一身素色长衫被弹拨的指尖带得飘飞，在秋天萧飒的风里，她问道："你怎么来了？"

琴桌上的茶冷了，但还是弥漫着淡淡的茶香。

"终于，又见到你了。"我笑笑，"好久不见，甚是想念。"

"听我弹琴？"

"嗯。"

火光照在她的背影上，她身体的边廓愈加明晰起来，一头长发落在腰间。

"这首曲子，叫《未央》。"她的手在弦上拨着，琴声有些悲怆，像未了的故事。

"很好，"我拊掌，"但还是准备吧，不管怎么未央，终究还是会曲终人散的。"

她转过头来，我看见了那张清秀的脸和泛红的眼圈。

"走吧，他们等你很久了。"

……

　　夜如何其？夜未央，庭燎之光。君子至止，鸾声将将。

　　夜如何其？夜未艾，庭燎晣晣。君子至止，鸾声哕哕。

　　夜如何其？夜乡晨，庭燎有辉。君子至止，言观其旗。

（《小雅·庭燎》）

夜未央，茶已凉！

文学，让生活更美好

我喜欢文学，更喜欢诗作。

我常常会在星期六的下午，坐在窗前的茶几旁，蹭着阳光。碎金淡然铺下，几许斑驳的叶影在风中摇曳。翻开一卷微微泛黄的文集，摊开一本笔记，从笔筒中抽出一支钢笔，或书下几笔淡墨，或写下几行笔记，一切都沉默在静谧中。

我爱看《儿童文学》这本杂志，尽管班里就只有我一个人去看、去欣赏它的内涵，但这始终无法改变我的初衷。我常常独自徜徉于文字之间，看着一篇篇散文塑造的美好世界，亦是沉醉其中，观那花色芳菲的春天，万蝉齐鸣的仲夏，金叶飒飒的初秋，千里飘雪的隆冬；赏那烟雨迷蒙的江南水乡，月朗星稀的西子湖畔，醉枫染墨的潋滟风光，除夕将至的兴隆集市……

我喜欢林徽因的文笔。她是民国的一代才女，一生博得三大才子爱慕，徐志摩为她写下《再别康桥》，金岳霖为她终生不娶，梁思成宠爱了她一辈子。她穿行在红尘之间，却依旧可以保持自己的高洁，就像一朵高贵而淡雅的白莲花。她的文笔也如她的品质一般，清新、淡雅、素朴而不失风骨，连冰心都称赞她很有才华。她的气质，更是氤氲着诗意的。

　　闭上眼睛，一幅幅生动的场景在我眼前浮现又消失，从唐宋街巷穿越到爱尔兰的平原，从茶马古道蔓延到丝绸之路，大汉、盛唐、文宋、强明在眼前不断变幻着。

　　每次合上书本，都觉得整个人升华了一番，自身的文学素养也在不断提高，像是获得了浸润。

　　在闲暇时间观阅文集的习惯，已不可分离，亦不可失去，成为我生命中的一部分。

　　文学，让我的生活变得更加美好。

闲暇午后

清闲的下午。

太阳正当头，正是休憩好时光。我趴在书案上，半醒半睡。

和煦的海风向我拂来，依稀可以听见笔在本子上飞舞发出的唰唰声。

一连慵懒地打了几个哈欠，抬头，唯见同学们奋笔疾书的身影。

阳光从窗子前洒下，投下片片斑驳的叶影。

榕树的梢头传来几声鸟雀的啁啾。

我抬头望去，这才发现榕树又披上了新绿，天空则是如洗的蓝，时不时会有一些白云掠过。

有几个同学叽叽喳喳地在那边聊天，我也忍不住上去搭几句话。

蓝天，白云，这个午后的一切，都显得那么闲适。

四季的守候

SIJI DE SHOUHOU

初春·江南

　　江南烟雨朦胧，便是初春。雨临，着一袭长衫，手持油纸伞，窈窕倩影在竹篱间若隐若现。雨丝轻柔斜织，烟雾随风散开。静听青石板上水的滴落，静嗅石缝间花的清香。斑驳的白墙黑瓦，每一块每一片都是岁月的沉淀，记录着珍贵的过往。花儿竞相绽放，并未错过一季的旖旎缠绵；叶儿浓抹淡妆，现出片片碧绿，也是生机的象征。炊烟袅袅，爬上青空，如雾般消散；涧流涓涓，亦是绵绵不断。油灯昏黄的光，照亮岁月的记忆，带着几许深邃、几许古老、几许温馨。多少年时间，勾勒出一幅墨染的古画，河岸溪水清清，临巷，氤氲着初遇时的芬芳，流莺悄飞伴船，船桨缓缓划动，留下圈圈涟漪……

初 夏

初夏傍晚，斜阳微颓。

驱车，前往无名湖塘，静观夏色。

湖心亭间，独伫，衣袂于风间飘动。双眸微闭，却览万般于心中。

天地仿若初开，山水如诗如画。

荷初出，尖角浅擎，粉中自带淡白，不染淤泥且有露珠缀，清出自浊，好生喟叹。

阳光浓稠地化在金波里，猎猎的风吹散水波，过轻舟，光影镀于画舫四周。有流莺双飞靠近船侧，又转瞬失了影。

层山叠峦已然很远，隐隐约约能看见轮廓，轻纱（就是那游丝样的薄雾）遮掩着它的面，添了几分朦胧，却并未有画蛇添足之感。毕竟是文人墨客，我也同样恋慕那虚无缥缈的东西。

斟三盏清酒，一盏泼天，一盏倒地，一盏独酌，唇齿留酒香。饮半壶热茶，呼吸茶之韵味，此便是极好，何须有那同伴才能寻欢作乐、把酒言歌？

情在山水间，语在天地中。

恍惚便入了黄昏，偏天泼墨，远山掩面的轻纱也被晚风黯然地拂去了。

层林尽染，百舸争流，扁舟连延地划过潋滟的湖心夏景，水波不兴。

长石桥上的游人多了，一片繁华。

蝉鸣和着一位衣袂翩翩姑娘吹奏的笛声，响起。

深秋间行舟

微风轻拂，麦浪翻滚，晚霞夕照，日月同辉。

——题记

深秋傍晚，独坐于漓江畔危楼，看苍茫大地，民乐国安，多少千秋大梦，何以复谈间？

江畔独步寻花。跃动着金黄色光斑的一望无际的水田，倒映着天空上一卷卷彩云及朦胧的碧蓝，山、水、树木、飞鸟，都定格在满江画卷上，且名曰画塘吧。

稻花香里说丰年，浅浅的香气四溢，金黄色的光彩与深秋的景象甚是相称。微风徐起，稻禾在风中摇曳着，可比金浪翻滚，岂不可言："美哉？"

缕缕金丝穿过林荫，暖暖地洒到人的身上，突然飞鸟冲下画塘捉鱼，倒映的美好被击成了片片涟漪，边缘开始模糊，又趋于平和，染出那一幅优美的画卷。

走入一片枫林，枫叶落下，似落霞满地，飒飒秋风吹过，蝶舞般凌乱飘舞。沿着陌上，看不见这落霞的尽头。

竹篱小桥，流水人家，炊烟袅袅。

听着村落里传来的箫声，悠扬而空灵，好似鸟雀鸣唱，又复低声，尽是千家宁静。

出了村庄来到漓江渡口，此时何人初见月？银碧、金碧各闪烁着光彩，映照缱绻的云层。

暂借一只小舟，顺水而下，转瞬已过千重山，此时天色已然不早，船夫点上了渔舟小灯。

将手轻轻点进江水里，荡漾了一舟笑意。

天色将晚，烟雨朦胧，湖光山色皆入画。

盛夏后不羁

炎夏雨后景，春归花寂寞，满堂素红碧，风起玉珠落。

——题记

初夏，端坐望湖楼，着一袭白色长衫，衣袂在微风中舞动。

雨后初晴，阳光热辣辣地洒下来，有如漫天金丝。

积聚的雨露似透明珠帘，从屋檐上直挂下来，折射着七彩的亮光。

唤小二上清茶小菜，摆设文房四宝，小抿一口茶水，雅香顿时溢散开来。

打开茶盖，任墨香氤氲在茶香之中，这种墨水和清茶一同混杂的幽香倒是前所未有的。

将墨笔搁在砚台之上，放下茶杯，静观那望湖楼之下，满塘红颜碧叶。

微风拂过，微微泛青的水面上泛起层层涟漪，扰得那满塘红碧也染上了旖旎光斑。

四旁的修竹满是极盛的活力，可比长枪的英姿勃发。一丛丛生出的浅色竹叶，染着泥土的馥郁芬芳。竹荫陌上，有旅客过往。

再小抿一口茶水，闭眼，品味雨后泥土的清香。

远方群山，破晓绝尘，落霞九州，日月同辉……

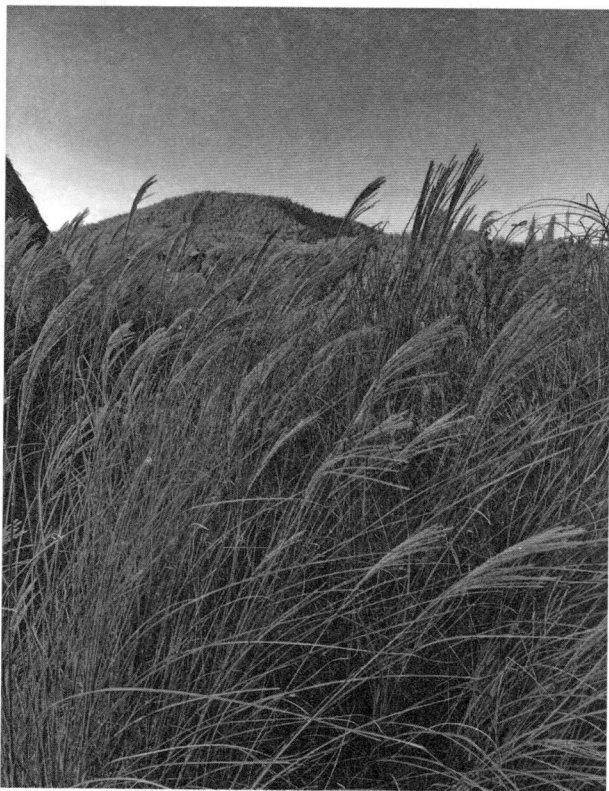

雨季的回忆

从睡梦中醒来，慵懒地打了一个哈欠。

昨夜风雨晦暝，暨南，暨北。行至，已子时，无处留宿，幸得偶遇老友，居其茅檐下。

阵阵花香徐来，缕缕飘舞，浸润身心。

花满台。

未拢窗。

赤脚走在光滑的红木地板上，年代感扑面而来，很陈旧，也无饱满的光泽。

踱步至书桌前，轻倚椅背，凝望窗外的江南水城。

几滴透明的雨露落在花丛之中，残花败叶，虽然还在，却已现微黄，早失去了原本的风度。

一栋栋古楼矗立在这条古街中，黑瓦白墙，甚是耐看，令人感觉岁月静好。虽然斑驳着过去泛黄的痕迹，但也是小家碧玉，孤根生在林间。

时雨落，兮若银针，兮若无止，像一段还未尘封的历史，绵绵的，暖暖的，无夏雨之暴怒、秋雨之凄清、冬雨之吝啬，留给我的感觉，只有舒服。

颤巍巍爬上墙脚的苔藓的绿，轻轻的，淡淡的，就如同春雨一般；青石阶上陈旧的绿，是陈旧中透着丝丝忧伤的绿；屋前溪水的绿，清澈见底，波光粼粼，涟漪圈圈；树上层叠枝叶间热舞的绿，洋溢着欣喜与奔放。

溪水潺潺，很柔，很缓，但永不停息，像一个古老的故事，引人深思。偶见老媪，持木盆于溪滨，冲洗衣物。我自言自语：或许这老媪与溪皆是一个古老的故事。

雾乍起，模糊了视线。

洗漱罢，挑上行囊，向老友道别。撑起一柄有初墨香味的油纸伞，踩着青石板，听着雨滴从屋檐落下的清脆滴答声，消失在了江南烟雨中……

雾散，人醒，鸟鸣。

外记·短章
WAIJI DUANZHANG

短章 1

屋内灯光绚烂，屋外夜幕笼罩。

星星点点的灯火错落在夜的脊梁上。

镜片氤氲了水汽，摄出依稀的外景，光怪陆离，折射在迷茫的眼眸。

上弦月偷偷咧开嘴角，穿过云层，泻下银白的光。

晚安，晚安。

短章 2

　　自行车穿梭在黑夜里。

　　月上树梢，淌落水幕般的银帘。

　　路灯刺目的莹黄的光不时闪耀着，镜片上水雾朦胧。入夜后的城市灯红酒绿，人影交错，喧闹着，欢腾着。

　　林荫小道里影子斜长，车辙纵横。

　　晚安，晚安。

短章 3

疲惫地半倚在车座上。

摇下满是划痕的车窗，晚秋夜里凛冽的寒风，直逼而来，砭骨侵肌。

月光被鳞次栉比的建筑遮住了。

晚钟响起，路灯刺目的光色溢散开来，无数砖瓦砌成的高楼映入眼帘。

不乏困意，但依旧沉思将来。

晚安，晚安。

短章 4

笑看繁华。

路上的霓虹灯交织着，汇成一条五光十色的光河，成为繁丽城市的一部分，不真实的真实。

静谧的天幕上，点缀着几颗远星。

风起，叶飘零，隐约遮住了视线。

晚安，晚安。

短章 5

窗外是繁华的夜。

远山起伏着，城市的辉光璀璨，星星点点的碎色肆意拼凑出繁华的风景。

隐约看到熙攘的影，是人流吧，是车流吧，在暗夜里聚集着。

失掉光明的建筑在黑夜里黯然，仅能勾勒出粗糙的线条，看不出颜色如何。

星火晶亮，仿若洒在蓝色布匹上的碎银。

晚安，晚安。

短章6

行走在晚间的巷里。

旧时建造的一栋栋白砖楼屹立着，窗子里点点灯火明朗着。楼道里皆默契地熄了灯，直到有行客才会复亮。

路旁水泥沿下，灯光栖息。十一月初的风掠来，灯光下的树影婆娑。

天边风卷残云，月光有些茫然了，却依然有银亮的光。

倦意上眉头。

晚安，晚安。

短章 7

夜。

车窗摇到最大，劲风席卷车厢，路灯光影在飞逝中——与我辞别。

天云似霭，星辰不在，月掩面，夜色正浓。

夜城匆忙，车流不息。

车灯刺目的光在黑暗中闪耀，穿过覆着雾气的镜片映入眼帘。

晚安，晚安。

短章 8

是夜。

旧时走过的林荫小道依然安静，成行的树木在自行车的驰行中一棵棵落到后面了。昏黄的路灯下，影子短复长。

背上的沉重引出汗水，有些燥热，有些疲累。

一日的工作结束。

老城区白墙黑瓦的建筑，已然攀上了浅黄。

心中怅然。

已经初冬了啊。

晚安，晚安。

短章 9

夜深，人静。

闭门，静坐房中，遐思片刻。手指在闪光的键盘上飞舞，咔咔的敲击声不绝于耳。

白炽灯的光落下来，稀稀落落的影子延伸到地面。

月色透过半掩的窗潜入，又在层叠之间迷失，台前的大理石映着浅浅的月光。

良久，最后的敲击停止，长吁，露出满意的神色。

窗外有零落的云，云下灯火阑珊。

晚安，晚安。

短章 10

入冬。

点滴凉雨沾襟落袖，树影绰约，枯叶颓挂。

路灯沿途而立，昏暗的光线投射下来，参差的树枝落下斑驳的黑影。

隔窗凝望，无数细小的剔透雨丝汇成几柱横流，冲刷繁闹的夜城，而雾霭氤氲在辉煌灯火中。

窗外亮如白昼，繁华里，孤人难眠。

晚安，晚安。

短章 11

卧室一角。

冷白的灯光投射在深纹的木板上，又深深浅浅映在疲倦的眼里。

窗帘掩住透明的玻璃，但依旧阻止不了天幕下黯然的流光。

合上手中的书卷。

轻按电钮，关灯。

由光连接的世界里少了一朵星花。

晚安，晚安。

短章 12

总是喜欢一个人走在小径上。

幽微的灯火沿石阶时而隐现，树枝摇曳着，孤影伛偻着。鸭舌帽帽檐低垂，遮住金色镜框后锐利的双眼，瘦削的脸庞看不出喜悲。

下意识呼出的热气在眼镜上布一层朦胧，欲要浅抹却冰雪般消融，又将手缩入宽大的防风衣里，手心温暖炽热。

短章 13

我踟蹰在明朗和昏晦的转折处，光明中的影深沉，深沉中的影光明。

疲乏地再次迈出半步之距，脚步声零落着，最后彻底沉寂。

世界仿佛定格在这一瞬，迈步于石砖上的人早已远去，徒留流光熠熠，霓虹闪耀。

树木枯黄衰残，摇橹前后舞动，布满尘土的枯叶轻落掌心，隐隐刺痛。

无须再走了吧，当黑色的天幕再一次被掀开时，再踌躇满志，踏步而去。

晚安，晚安。

短章 14

安神茶真的很不安神，我这样说。

春季是万物萌生的季节，也是躁动的季节，日光在校园里跳动得飞快，难免有一些急功近利。

确实如此，心绪不怎么安定，同时泛着一些浮躁，写完作业对着窗外发呆，浮想联翩。待回过神来，又懊悔浪费了太多时间。

我是该稳妥些了吧。

自发地说要买一些安神的东西，而后泡开，作清茶样。小口细抿，入口时约莫是没什么味道的，随后转变为浓重的苦涩，直至滑入喉间才品出极微的甘甜。

啧。

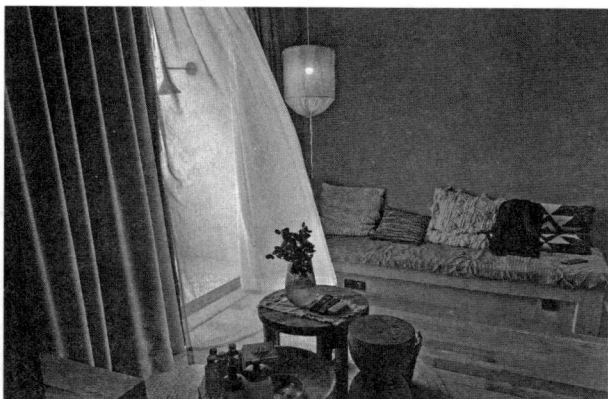

夜的奏鸣曲

YE DE ZOUMINGQU

窗里与窗外

路灯下树影交缠，偕行的人们挽手漫步。对面低矮的旧学区房是由白色墙砖垒砌起来的，与一旁高大的楼房相比显得格格不入。

暑气已然褪去，一众的光影交错成繁华的风景，很多老者乘凉畅谈至午夜时分，孩童玩耍时亦笑声朗朗，我看到街畔常有的是五花八门的招牌和刺眼的光色。

于旧时常宿的房中独坐，笔尖在粗糙的稿纸上滑动，墨水渗染在笔尖留下的痕迹里。

一时间我竟不知此刻提笔的用意——我孑然一身，踽踽独行，却始终无法找到一处立足之地。

窗前书桌上，台灯末端的线无力地瘫软在地板上，距离插座有一定的距离，房间里机械键盘深幽的墨蓝光静默地闪着。

乐高整齐地摆满床头柜，应该在演绎着我曾经"行军统帅"的理想，或是幼稚时猖狂不羁的梦吧。玻璃反射的光隐约显出一个人的轮廓，那人靠在桌边，手中钢笔黑金相间的外壳反射着绚烂的光色。

　　窗外的灯光星星点点，但还是黑暗占得多，填充了绝大部分的天幕，几层楼之间也填着满满的黑暗，钢筋水泥以恰好的形状垒起一座座楼房。

　　山在暗淡中抹了一层朦胧的雾霭，细密得看不清——更何况也没有光线，能够看出轮廓已然是极好了。

　　思考中，蝉鸣和嘈杂的声音在这段时间里沉默，似乎昭示着我心目中盛夏的结束，也意味着我青春幼稚时期告一段落。

　　或许我该出去走一走。

　　或许我也不该再是曾经那个只活在自己文字里的中二墨客，应当向前行进了。

凌晨三点，夜路温州

骑着自行车，在凌晨三点，独行在空旷的温州城里。

宽阔的长路空无一车，街旁大厦的灯已早早熄灭，唯有那路灯昏黄的暗光默默坚守着。

略微将自行车蹬快了一点，车速提了起来，自行车和我的影子在一盏盏路灯下缩短再拉长。

世界安静了下来，可能这是城市在历经喧嚣后难得的一刻安静，只有自行车链子在齿轮间滚动的"轧轧"声在我耳边轻轻地回荡。

肆意地，放慢了车速，漫无目的地前行。

在经过曾经最喧嚣的那个城中村时，我刹住了车，细细聆听有没有声音，却让我失望了，这里只有微弱的灯光。此刻，我的眼中，这里仿佛是一座被遗弃的巨大的古代堡垒，那星星点点的亮光，仅仅是拆除时擦出的火花吧。

短暂停留后，旋转的齿轮又开始加速，它促使自行车以一种无声的状态疾驰。

红绿灯依旧在尽忠职守地闪着，我在红色的光波闪耀时停滞，当一切都归于宁静之时，也只有它会尽忠职守，维持着这个城市夜晚最后的秩序。

自行车又快了几分。

街边有几家小店的灯亮着，这些店门口有一堆堆货物，店里几个人正忙着将东西摆到货架上，预备天亮后的销售。

骑自行车过了天桥，拐过街角，来到学校，但并不急着进入大门，而是漫无目的地巡游。

我看见夜色在逐渐褪去。

该清晰了。

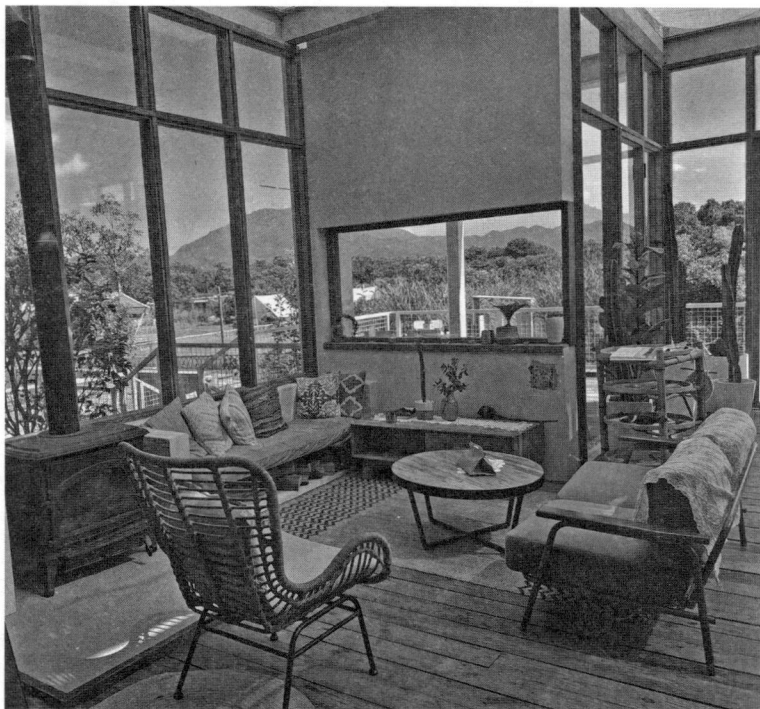

六月四日夜间随记

晚上七点到九点下了一场雨。当第一道闪电划破长空时，我看见晦暗的天幕瞬间被撕裂，一刹那似乎要面临末日的审判。

老实说，应该是多虑了，这仅是仲夏时节极平常的一场雨而已。

夏季的雨大都这样，匆忙得像是有公务在身。

大约九点过一刻的时候，淅沥的雨停止了。我知道这只是记忆时间线上的一个点罢了。

雨后的天幕不那么阴沉，浮在苍穹的云隐隐能窥见暗色的轮廓，深红色趋近紫色的色块零碎地拼凑在一起，给人无章可循的感觉，又因疾风的骤起而滑行在空阔之中。

一部分灰暗色块的边界因叠加而模糊，像手指摩挲过后的铅笔底稿，虽有深浅色的变换，但整体总是趋于淡化及褪色。底稿上还有一些交错的线，在一点相交后再不相逢，愈行愈远。

我说，这是一曲很随意的乐章，任何一台高级计算机都无法预测。

我记得我以前喜欢过一个人，很遗憾是在她已不喜欢我时才发现的。我想了很多办法让她再次在意于我，但都如残云一样，不留存在过的痕迹。

毕业后，除闲暇时偶然提起，我与她再不相逢。

后面，应该是 2020 年的年末，偶然有一次与她聊天，她说她也是喜欢我的。

奇怪的是，当我现在再回想起来，已经没有多少爱恋的残留。但不可否认她真的很优秀。

时间真的能褪去一切，绿叶转黄，花木凋谢。

真的，那个时候我很迷茫，父母都在杭州上班，我已经习惯一个人，也习惯喜欢一个人，更习惯对自己不定的未来做不切实际的臆想……

但那个时候我像一柄出鞘的利刃啊，锋芒毕露。

很可悲的是，剑刃已钝，宝刀浮锈。

我仿佛一直停留在那个时候，又仿佛与那个时候相去甚远。

我的眼里盈满泪水。新的透明框眼镜像是我的妥协，我不再试图对抗。

至少我现在还可以爱着一个人。

雨季是创作的好日子，我这样说。

脑海中千头万绪堆积起来，构建起情绪与文字的宏伟建筑。

文字是写作者的积木，拼搭的有拙劣与高妙之分。

不能转化为文字的思绪也仅仅是堆积在脑海中的杂念罢了。

好吧，这篇随记确实有些随意。

记忆里，很多场景如卡帧的电影一样闪现，碎碎散散。

可我至今不明白——

这些零散的东西，怎么就构成了真实的我？

盛夏前夜行

今夜，月朦胧，昏沉的夜似乎要掩埋在路灯下徘徊的光影。

云层密密地盘踞在天幕里，又倏然分开，露出一轮完满的明黄——反射自盛阳的光。

仰望远空的星座，那清晰可辨的光点悬在深邃的苍穹，亦是每颗独特星球在宇宙的缩影。

风声起，裹挟飘浮的云影，将其融入无尽的夜空中。

行车于夜半时分，蝉鸣依稀，怅惘前行，似未知的前程。

灯火阑珊，点缀着夜色中安然入睡的城市。偶有汽车疾驰在平坦的柏油路上。

逝去的星空

又一个夜晚。

完成课业后，倚靠书桌前，凝望着天空，笔尖停留在书页之上，任思绪飘到无尽的深空之中。

突然，我发现，夜空中的星星"消失"了。

不仅如此，皓月也化作往事了。

家住浙江小城，正是雨后的明朗天气，空气质量不错，也没有乌云。我屏息凝神，发现昔日熟悉的星空真的消失了。

我曾在乡村居住过一段时间，记得那时的星空是最明朗的。浩瀚的星海散发出的光芒，甚至盖过了万家灯火的光亮，宛若近在咫尺的一张大幕。

也不知什么时候，我把星空当作了自己的朋友，我牢牢记住了每颗星星叫什么名字，在什么地方。

无论何时，我都会凝望星空，希望它能给我一些指引，引领我前进的方向。

我觉得与星空隔开，梦，就没有了。

后来又回城中居住，星空虽暗淡了，点点星光好似风雨中摇曳的烛光，随时可能熄灭，可它一直存在着，仍像儿时的老朋友那样指引着我。

但是现在星空不见了。

那摇曳而又暗淡的烛光彻底被吹熄了。

老朋友不知流落何方，梦也没有了。

我很想放声大哭一场，但却不知为何要哭，我忍住几滴未流出的眼泪，把苦闷通通咽进了肚子里。

或许以后，我能在夜晚面对的，只剩人类建造的灯火通明、不眠不休的大城市，而永远失去了那深邃遥远、神秘璀璨的星空。

晚　星

　　独自骑车来到了远离尘世喧嚣的山谷小湖，蹲在水边的沙地上。

　　不安分的手搅弄着湖水，夜晚的湖水和月光一样凉，泛着层层涟漪。

　　我看见水里有星辰，明亮的，许久不见的。

　　这一天的月是匿在缱绻的云雾中的，她投下的月光也是朦胧的，宛若舀起琉璃，又缓缓倾注在这世界，洒下一层浅浅的薄雾。

　　月隐星朗。

　　我看到了很多颗星，它们凝在一片汇成了星河，璀璨夺目。

　　星点点，月团团。倒流河汉入杯盘。

　　零落的，又流光溢彩的，数百数千年前的光落在池塘里。

　　池塘里无数的星与天空中无数的星交织着，遥相辉映。水里的星是荡漾波动的，抬手抚出一道波浪，水中的星星在波光中消逝了，但它们总是会复原的。

　　星辰，垂影灿然。

　　又叹群山空锁夜，阑珊里，满池星。

星河不可及

深邃的夜空之下，有些模糊的湛蓝，氤氲而起，远山显出相映的浅红。

夜空是双色的，深色是直接坦露的光焰，浅色里叠加了云层的朦胧，宛若晕染在画布的颜料。

天空之镜依旧是那样闪耀，像一颗装着星辰大海的眸子，只不过这些光并不是属于它的。万千星辰，仿佛在咫尺间，又好似在光年之外。

熠熠星光，胜于我遇见的一切不朽，它们走过百万年的路程，最终进入我的眼眸。

隐隐约约听见几声空灵的蝉鸣，我寻觅着，却只寻到了远方三三两两的萤火虫。

我不知道还有多少颗像这样的星星在宇宙中航行，等待着把光投射进人眼中。

隐约看见几颗星星的坠落，像是拖着长长的尾巴，如炽热的铁水，裹着醒目的橙黄外焰，却在不经意间，点缀了单调、暗淡的夜空。

"璀璨啊……可惜只是烟火一般，转瞬即逝。"

现在，我看到倒映在水中的夜空和真正的夜空了。

云卷云舒，月初出，勾勒出一道浅笑的嘴角，月光透过层云，将缥缈的缭雾，作轻纱半掩面。

从湖岸边捡起一块石子，轻轻地投入湖面，生怕弄坏了这面镜子。

水波荡漾起来，万千星辰在水面摇曳，同揉皱的眼眉一般。

我看到自己的影子也摇曳起来，直到化作一道道波纹散在湖面。

夜城记

起雾了。

我决定随心走一次，在朦胧的城市里寻找我曾珍藏的记忆。

就这样，在初春寒天中，在表盘指针指向十一点的时候，我从物华的侧门出来，伫立在康源路与府东路的交点——一条分隔广厦与低矮老楼的小径的入口。

路灯溢散着不明朗的光，于是我的投影也是昏沉的，道旁生出一些诗意的新芽，柏油路因新雨的沁渗而如粗糙的麻布一般。

这里的一切与很久以前无二。

从立定的地方往右手边的小径前行，大约只走了几十步，便被横向的花源路截断，一堵白墙宣告着尽头。从未封闭的地方放眼望去，是一片宽阔平坦的土沙地——据说是要被用作建设高楼。星星点点的灯光不时地闪烁，匆匆的人影与探照灯的光辉并存。

"这里以前貌似是一片城中村吧。"

记忆里忽然跳出来很多东西。几年前凌晨三点骑自行车前往学校的时候，这里像废弃的古代堡垒，闪烁着火光。周围还

125

有一家小有格调的咖啡馆，以及和朋友经常一起聚坐的便利店，等等。

这里终究是变了，我有些失落。后来又自我安慰式地告诉自己，事物变化乃是自然的定律，总归是不可能有一直高悬着的太阳。

我似乎迷失在雾里，沿着古老的石路一直前行，走了两三分钟后，一条公路赫然出现在眼前，顿觉豁然开朗。城市在浮光中仿似皱着眼眉，隐隐约约描摹出一张颇具现代气息的画卷。

这是我喜欢的都市夜景，车的鸣笛，雨的痕迹，流光的穿梭。

很多东西和我以前看到的一样，但我往往在习以为常中将它们忽略掉了。

于是我忽然明白，应当为当下我所见到的一切歌唱。

眼前的雾似乎散去了，心头的雾也散去了。

这是我深爱着的城市啊！这里有我深爱的人，深爱的物，还有我深爱着的记忆。

我看见远处高楼上的明灯在闪烁，那是我所爱的城市对我的回应。曾经的记忆一幕幕放映，留下的只是我由衷的笑。

又见夜城

我再一次彳亍在夜城里。

十一月的夜晚已然寒气逼人，单薄的外套半挂在肩上，无言地承受夜风的凛冽。

天幕黯淡，呈妖冶的黑橙色，月光匿在层云的身后，隐约透出光怪陆离的色彩。微弱的星光无力地在寂寥的夜空中闪烁，旧物默默地埋藏在粉尘里，显示出一派荒凉，一派危颓。

寒风也许追上了奔行的脚步，隐隐约约有些刺骨，我越发行得快了。

路过曾经的城中村，还记得以前这里的夜晚是灯火通明的，而今已物是人非。所有高高低低的建筑，皆化作一片片瓦砾横亘在废墟上，又被框定在高墙以内。

我加快了脚步，似乎旧日的时光就在眼前，于是我试图抓住缥缈的记忆。

我的确是一个念旧之人。

但我并没有继续上前看，而是转头沿着那条不断向远方延伸的大路一直走。两排路灯站在路旁，灯光在凛凛寒风中显得更加孤寂，灯柱的斜影安然地躺在地上。

又见夜城。

　　这不是我第一次见夜城，也不是最后一次，似乎只是为了寻找记忆。

　　跑步的速度加快了，耳边风声呼啸，血液涌动起来。

　　我决定去找一个地方，落脚、回忆。

雨　夜

雨季无忧。

雨季忘忧。

坠落的不知是雨还是泪，珠帘似的。

车的鸣笛。

夜的气息。

雨的印记。

流光的穿梭。

雨伞下，我疲惫地穿行在黑夜中。

黑色雨靴踏在反光的水镜里，溅起四散的水花。雨丝斜斜地坠在湿漉漉的地面，荡起微波。

风起，葱郁的林木在雨中摇曳。

路灯的光束在雨幕中熠熠，轻轻抚摸着被雨淋湿的一切。

马路上车灯不时闪烁着，浅浅染一路赤红银白，繁忙着，奔波着。

红绿灯颜色在跳动。

电梯中数字在变换。

只是不想在雨夜成为一个行尸走肉吧。

月影里留念

入夜，长久未眠。

我看见城市里的灯光星星点点，串联起一道曲折的光线，直到遥远的那端。

即使城市沉浸在暗墨中，墨迹干透之后仍透出一些朦胧的光点。

建筑外墙折射着光影，仿若一幅幅颇有意境的水墨画。

街道旁是静谧的往事，星辰似的点点光芒，恣意地散落在交错的叶丛之中。

天幕暗淡，偶见月影。

五指紧贴在玻璃上，目光停留在窗外的世界，又落一个缥缈的虚影于背后偌大的空房中。

就这样，身影长久地停滞，空调持续地嗡鸣，夏蝉微弱地鸣叫，貌似是一场做不完的旧梦。

朦胧月影里留念，是我的荣幸。

夏夜里漫步

独行于夏夜的城中，心情甚好。

雨后泥土的芳香尚存，绿荫在左右两侧蔓延，街旁流光溢彩的招牌却不知生意已歇。

盛夏的日子啊。

脚下砖瓦与鞋底摩擦的浅音混杂着蝉鸣，路灯旁的树丛镀一层鎏金的外圈，地面的积水折射着微光。街上的人三五结群，言笑自若。

未见月色，清风徐来。雾霭在远山漫起，融入天边的澄云里。

车流连绵，曳过一路深色的潋滟水纹。

红黄绿三色在不断切换。

行路依旧。

一些随意的叙说

YIXIE SUIYI DE XUSHUO

八月十九日随记

今天不是十六号，是十九号，八月十九号也还是夏天。

签完合同后从出版社的大楼里走出时，正好是晌午时分。我似乎很喜欢这样的场景：太阳光把我的影子紧缩至半臂的长度，周围一圈明暗的边界因炽阳光线的溢散显得越发柔和，城市在夏季的流光里闪耀。

家的附近有一间经常去的东池店面，以前在那里偶遇过林林，后面不知道什么缘故，已很久未去了。这段记忆我已忘却许久，今天忽然又出现在脑海里，如凝眉的惊鸿一瞥。

于是我就在那里落座点饭了。以前的惯例是椒麻鸡腿饭，一杯店里现打的雪碧。或许是不喜欢碳酸的原因，总是饮几口以后用吸管吹气，说是这样能把其中的二氧化碳置换出来。

零零碎碎的记忆在一瞬间浮上脑海，我像一个荒原中的跋涉者，忽然回到了曾经走过的一段旅途，将曾经琐乱的记忆再度捧在掌心品味。

但我重见的记忆不止于此。

夏天，我很喜欢的季节。

夏天永远是最有说道的时段，我有几年的夏天在成都，有一年的夏天在厦门，还有一年的夏天在东北，这些地方的风土是我久久不能忘怀的。2018 年，我在报刊发表留恋厦门的夏天的文章，那时年华正好，我曾暗恋过的人在我触手可及的地方，似乎是和我并肩的。

现如今时光过去得太多，我再未出远门，步伐局限在这座叫温州的小城。我经历了好几场离别，文字在停滞的步履里慢下来，所有的"未来"戛然而止，似乎只剩回味和仰望。

也好，虽然再也无法回去了。

但我不甘接受自己的平庸，于是乎，新书的编写仍在继续，可我是在自我麻痹式地淡去自身在一个群体里具象的部分，在两种思潮交锋的时候却令人伤怀地走向调和。

当我回头的时候，我发现我距离人生中十分重要的一场考试只剩不到一年的时间，记忆里最难以忘怀的是我七年的历程，我忽然释然了。

二月十九日十二时随记

母亲给了我三十元，让我出去吃点好的。

我知道这是因为下午有课，于是并未推托，接过钱就出了屋子踏上自行车。

"一点半的课，现在约莫是十二点三十分，用几十分钟吃午饭，用十几分钟骑车至车站。"

停下一些杂乱的设想，我决定吃饭了。

因习惯性从物华往北走，想吃烤鸭，却蓦然发现没有熟知的店在营业。

一刹那我犹豫了。

思量之后我做出了一个或许不稳妥的决定：那就走吧，继续走。

物华往南是一条老巷，记忆里是与东瓯智库平行的，中间有很多连贯的小径，分割小块的居民楼，我描摹着可能是很久以前就存在的东西。

行进在低矮砖石筑就的夹道中，类似"夹岸数百步"，后接的却不是桃花林，但无论如何都不必太介意——我本身不是文艺的人，阴沉在乌云下的楼列也许更契合我。

如果是平常，我或许还会有感叹和情怀，但思绪在时间紧迫时便显得无关紧要，甚至有点多余。

平层的商铺满是饭馆，是要随便抉择一家用餐了吧，我这样想。

可未免太草率了。

可能我从来都不是一个擅长抉择的人，总是瞻前顾后，疑虑过多，而实际行动太少，总是想看清全盘后再做决定，但这何尝不是一种逃避？

然后我又被困在另一种陷阱里。

继续往前抑或草草了事。

我始终是没有坚定往前的勇气的，疑虑太多，思绪更多。

右口袋是有硬币的。

我扔了硬币，但我发现当硬币落地时，结果已经无关紧要。

不管是正面还是反面，我都决定随心走一遍，让我真的由我自己来主导。

拐过街角，是一家以前常吃的"十八家面馆"，味道大致还是有印象的，我确实是喜爱的。

这是令我满意的结局啊。

怀 旧

　　我的心愿，就是有一栋能留住我童年记忆的建筑，仅此
而已。

——题记

　　我记得，曾经有很多的事，云烟成雨的旧事，都是在那几
处地方发生的。

　　可以说，它们承载了我太多刻骨铭心的记忆，巍然立在我
的世界里。

　　很奇怪，总有一些刚刚发生的事，我却会遗忘，像天外的
星辰一般难以触及。

　　又有一些事，已经过了很久，本应如风卷残云一般淡化
的，却抬手可拾得。

　　让我印象最深的有三处地方，老家的夏氏旧宅，外婆家的
青石巷子，还有陪伴我六年的小学。

　　我记得外婆家的青石巷子，我待在那里的时间比六年还
要长。

　　几年前当巷子拆迁的时候，也是江南的烟雨天，那个年纪
总爱哭的我，在与它道别的时候，并没有淌泪。她在蒙蒙烟雨

中，化作雾里撑着油纸伞的姑娘——请允许我唤"她"而不是"它"，我在她的星眸之中，望见了一切的一切，在这里发生过的事情和在这里居住过的人。

我渐渐地远去，一边走一边向回望，直到她在我的视野消失为止。

逢年过节都要去旧宅的，以前每年年末，一大家子人都要去藤桥吃家宴，席间推杯换盏，大人们谈生活、工作、收入，小孩子则在一旁玩炮仗。

老太爷还在的时候，房子也还在，但是老太爷一走，房屋过户到爷爷两兄弟的名下，却检查出是危房，必须拆掉重建了。

我记得我最后看到的是一块小小的石碑，上面刻着"夏家旧宅 1962—2019"。

那天，我哭了。

我多么想回到那个时候啊，哪怕是一小时也好。

然后，就是近几日收到的，母校迁离的通知。

当听到这个消息时，我呆滞了。

"真的……一点能寄托记忆的东西都不给我留下吗？"我喃喃道，心里满是不舍、酸楚和无奈。

我对母亲说："我要回学校看看。"

这也许是最后一次了。

……

我来到了学校门口，记得很早以前，我就是从这里进去，开始学习知识的。

我奔跑在小天井，每一条过道，每一条走廊，大操场，小操场，尽力记住眼前的一切。

我跑累了，坐在大操场的篮球架下。

自从当年来到这里，它就已经是我灵魂的一部分了，虽然总和同学们说，这里很讨厌，但是在心中，早已把它当成了一个不可舍弃的寄托情感的地方。

我描摹着这里的一草一木，一砖一瓦。

然后，我离开了，像从来没有来过这个地方。

过去的事情太多，往往是历历在目，很难遗忘的。

纯当怀旧罢了。

回忆以前的年头

假期到了。

猫在家里百无聊赖，中秋佳节甚是想和家人出去走走。

舅舅说，去五马街吧。

我觉得不错。

乘车来到了公园路街口，这里一派繁华景象，石砖砌成的楼宇沿着马路延伸，它是很新的，却有历经沧桑的感觉。

木质的建筑也是有的，飞檐悬廊，牖窗通透，黑瓦置于其上。

人潮熙熙攘攘，连衽成帷，举袂成幕，挥汗成雨。

我看到这景象，微笑着抿抿嘴，好一派繁荣秋色。

公园路在五马街的前面，而我就读过的小学正坐落在五马街畔，来这里的次数也不算很少——最主要还是来这里投稿吧。当我还在读小学的时候，这里没有那么繁华。去年听说这里开了个名城广场，又和当初那帮好兄弟跑来胡吃海喝。

今年我若和他们联系一下，说不定他们还能来。

公园路，五马街，景我倒没怎么看，最重要的还是念旧。

走着走着，公园路就过了一半，耳机里随机的歌刚好跳到Clare 的《港口》，然后，我扭头看见了日报大厦。

心里忽然涌起莫名的激动。

这里是我文学事业起航的地方，某一年夏天，我和家人去了厦门，在那里写了一篇散文——《港口散记》，听着的正是现在听的这首歌。

家里人帮我投给了《温州都市报》。我的文章就此第一次正式发表。

之后一段路程我浸在回忆里，直到五马街。

五马街是我很熟悉的一个地方，是我上小学时的必经之路。我几乎记得五马街的每条巷子，每栋建筑。

接下来的时间，家人继续游览，我则在巷子里七拐八绕来到了旧校的遗址。

旧校的重建工程还在继续。

虽然已经是一片荒芜，可几栋教学楼排列的位置和以往的故事无法抹去。

我静静地回忆，它曾经给我带来的快乐太多太多了，以至于难以忘怀，需要很多时间回想。

一切事物在那时似乎都是蓬勃而美好的，想至此处，我微微将嘴角上扬。

记旧居

　　自拆迁以后，外祖母家搬到了白楼下一户人家的住宅里，房屋有些陈旧，却是我儿时的乐园。

　　住宅有点像合院式建筑，正门走进来是一片宽敞的水泥地，几户人家共用这一块庭院，有三三两两的绿植摆放在里面，还有一些洗衣盆，以及竹子或木头做的桌椅。凉爽的月夜，收音机摆在木桌子上，周边人家的老人们都下了楼，摆起凳子围坐成一个圈开始闲谈。往往也是夜里的时候，小孩子们去找有电视的人家，三五成群在会客厅里坐成一圈，以少数服从多数的原则决定看哪一个频道。这时候是极好的时光，大人们大都在外面了，看会儿电视是不会受指责的。

　　各户的家门前都会留一个供人进出的活板门，这可是像我这种天性野的男孩子打水弹枪时的好掩体。还记得那个时候，凡是男生都人手一把水弹枪，有的时候举行射击比赛——设下几条长凳，上面摆几个瓶子，多是喝完的饮料罐，饮料在那时确实还是个稀罕东西。小男孩们凑个几块钱，又把以前的饮料罐搜罗过来按价钱从近到远摆在凳子上，谁要是把哪个罐子打掉了，就从凑的钱里拿出几块给他，之后拿到钱的人就欢天喜地买饮料喝去了。在那个时候，收集饮料罐有一种特殊的

"荣誉"，收集的越多就越能显示打枪的能力。有的时候玩真人 CS，男生们黑白配分成两队，然后勇猛地跑到院中心一顿扫射，使对面的队员落荒而逃。有智谋的蹲在掩体里，透过活板门的空隙观察外面的一举一动，时不时放两下"黑枪"。小伙伴们总是胡乱地玩一个下午，直到太阳偏西，炊烟升起的时候才归家。

家里的布局很简单：厨房和餐厅归在一个房间里，中间有一条过道，过道的尽头是电脑间，过道左边是洗漱间和楼梯，右边是卧室。卧室摆了三张床，外婆和外公睡一张床，妹妹和姐姐睡一张床，我和弟弟睡一张床。卧室的边上有一扇窗，从这窗里可以看到万顷碧绿的水田，禾苗在风中摇曳，青蛙在这里生活。从田埂上来是一条水泥板路，水泥板路又紧临着河水，那河叫什么名字我已不太记得了，知道的只是有一条河，这河还有点宽。后来水泥板路的旁边还修了一条绿化带，一排青葱的树沿路延伸过来，这是蝉安家的地方。周围有人家养鸡，因而每天早上都会有鸡鸣的声音。天快亮的时候，路旁树上，各户人家，水田里接连的鸣声响起，此起彼伏的。那时候年纪小，睡眠自然也不怎么深，稍一惊动就醒了。趁外祖母在沉睡，悄然唤醒好动的弟弟，从房间里偷偷摸摸地出来，径直跑到电脑旁边。那时候的游戏倒也没有多复杂，我和弟弟总是喜欢玩 4399 小游戏。一直到了早上，外祖母醒了，也不会特别震怒，只是雷声大雨点小地敲打几下，笑骂几句就叫我们去吃早饭。

卧室总是堆满各种各样的玩具：乐高、纸牌、大富翁……毫不夸张地说，这里是小孩子们玩耍的乐园。我和弟弟是军事迷，经常拼一些战斗机和坦克之类的乐高玩具，搞乐高大战。有时候跑到电脑间玩电脑游戏，或是看电视剧与综艺。

就这样，平静的日子一天天过去，如茶水一样，入口平淡，回味无穷。

后来，这里跟着周边村落一并拆迁了，我在这里的童趣时光似乎戛然而止，我在时间的长河里远行，跋涉。

再然后，小学毕业，读了中学，这段记忆好像埋藏在我的脑海里，时间给它盖上了迷雾，我好像忘却了这一切。

前几天，大舅舅生日，我和几个兄弟姐妹又齐聚在一起。

突然，弟弟跟我提起：哥，你还记得白楼下的那些事吗？然后一切记忆涌上心头，像干涸的井里忽然冒出新泉一样。

少年时的幼稚似乎已经与我远行的脚步糅合在一起，那段记忆承载着我经历过的盛夏和寒冬。

时间把我驱逐出童趣的时光，过去的记忆和将近的夏天又像硫酸让拭纸变得鲜艳。迷离的阳光，日常的时光，让我童稚的指针似乎又回到了原点。

我拙劣地模仿盛夏的晚风，拂动一池泛起涟漪的水，将现实的注脚漾出，试图演绎一段灿烂的旧时光。

六月十日星期五随记

周五，雨。

一早起来窗台上积了薄水，北开的窗户里没有阳光进来，深浅不一的积云团在风的驱使下分散又聚合，展现着别样的绰姿。

以前看过，清水里落入几滴墨水，散开的墨晕不尽相同，呈无序的体系泛滥，然后自外而内显出由浅入深的墨色，最终变成稳定而均匀的溶液。

眺望着远处天空的我也一样。

云在风的作用下不断变幻着，灰白交割的地方渐渐模糊，而后云层托不住时，水滴便降落了。

无数年后这个无序系统也会最终走向有序。

但我的人生刻度尺不足以让我走到时间的尽头。

很明显地感到压力越来越重了，期中已过，月考亦过。

然后呢？

期末考。

南浦实验楼层不高，可以清晰地听到淅沥的雨声。

　　如老电影里单一无意义的背景音，但某种意义上来讲，又像是一部吟唱未知时间的史诗。

　　发呆，写几张卷子，或许已是日常了。

　　下午考两个学科，数学和科学。

　　考科学时因时间不足而慌了神，事后回想只觉得当时过于鲁钝：两个双氧水的相对分子质量由 68 计成了 34，这样看来，整体的分数不能尽如人意了。

　　曾经手到擒来的班级第一也随之灰飞烟灭，我忽然生出一种悲哀：我已经成为一个受学习成绩支配的"怪物"了。

　　考数学的最后时间，我想写一点东西。

　　纸和笔分明就在那里，文章的思绪也千丝万缕。

但我始终没有灵感来构思。

真的，灵感对一个文学创作者来说是最重要的东西。

放学的时候，雨停了。

天边的云雾已经散开，半掩的阳光折射着橙红色的光。

七月三十日夜雨记

今日下了入夏以来的第一场雨，至少在记忆里是这样的。我看见乌云缓缓聚于碧空之上，六时将尽的时候倏然聚拢，七时过半刻后又匆匆远赴。

这是在水城寥廓江天幕布下的掠影，好似惊鸿一瞥，因水城明朗清亮而驻足，因风卷云舒而离去。

　　但对于匆匆出门的我而言或许不是那么浪漫：没有和风细雨的景致，缘我只是森罗万象中极小的构成体。于是从父亲那里取了把伞，快步去街口打了辆车，毕竟还有事务在身。

　　一路风雨做伴，雨滴在车窗上逸散出抽象的形状，大概像保国在课上所讲的那些"高雅"的艺术，但又不完全是。街景在潋滟的水光中逸散开来，初上的华灯时隐时现，因车的移动描摹出不完整的城市。碎片化的灯影，街旁的招牌，门庭若市的饭店，共同构成了这座富有烟火气的城市。

　　下雨天容易堵车。

　　车流淤塞在红灯前，如关掉水阀的龙头，车辆一番又一番地往返重复，列着单调而复杂的列阵。

　　思绪就这样呆滞了很久，当我到达目的地时，一切恍如隔世。

　　后来在厅堂里隐隐听见了几声惊雷，朦胧得似有若无，于是乎便不再多想。

　　九点钟时，了结余事踏上归家的路，不知从何而来的冲动，计划步行归家。

　　出了门是一路干燥的地面，雨水早已沥尽，如未曾踏足这里一样。

　　天气正好，我行走在凉爽的风里。

　　路灯一排排罗列过去，晕染着暗夜里昏黄的光。

　　碧波与华灯并集，雾霭共云天一色。

　　我在拍摄路灯下斜长的影。

三月十日凌晨一点钟随记

我大致是这么伤怀的一个人。

今天的夜已然深了，我所留意的东西在不同的时间随意志的淡化而渐渐褪色，提起笔伪装出一副很有灵感的样子，却不知灵感何时显现。

或者我确实麻木了，在这样昏沉的夜。

唯一提神的是深深嵌入食指的木屑所残留的痛感。

从周一开始春季似乎到来了。我在教室透过右手边的窗看见明澈的碧空与投映在教学楼上的光，金波荡漾在粗糙的浅米色外墙上，高大的林木摇曳成风的形状。

年轻的心灵总不能在该悸动的时候淡漠，我这样想。

黑笔在纸上连续跳动，方正的笔迹流淌而出，记忆的湖面泛起微微的涟漪。

或许应该给那个人写一封信了吧。

踟蹰在校园里，不知向哪里走。

通常认定事务一向繁多，于是潜意识就不打算走出去。

白昼的落幕代表着琐碎的杂念离去，白月光满盈在我的掌心。

盛夏的前奏

我尝试于闹市中圈定三尺恬静的区域，然而注定是无法实现的。几年下来，眼中映着的甚是离奇，心里回味的却也纷乱。

一个人若只是滞留在臆想的事中，那对他来说，生命尺度上让他拨动心弦的少年时期便宣告尾声了。于我自身讲亦然，童年时的经历太过深刻，导致当下稀松平常的生活碎片时常埋藏在记忆深处，似乎很少留下特殊的印记。

现在逐渐意识到的是做文章要有规范，世事也都需要规矩。总而言之，无谓的事多了很多，有一段时间热血未退，成天言辞激烈地抨击不平之事，只因不满而阴阳怪气，现在倒也安逸。有一些人就跟我讲了，什么是社会秩序。

前几天九年级将要中考时，想起去年这个时候，我在王铭轩家对弈、观影，还下馆子撮了一顿火锅；今年也不错，和八个朋友约着玩球，足球篮球混着玩，甚至还进了几个三分。绿茵之上跑动的时候，落日将天空染成殷红，后面还吃了一顿开封菜。路上，叶戴着粉红色头盔，老八搭载着胤谏的"火箭"，笑谈里自称"火箭军"……

忽然意识到这样的场景明年就不再有了，几个朋友也会踏进中考考场，各奔东西。

今年温州热得晚，已经到了六月，气温也并未升得特别高，开着空调在室内有时还要在短袖外披一件长衫。书桌上新添了一套紫砂的茶具，应当是有了年头的，有多年茶香的余韵。学到了十一点之后，添上少许茶叶，倾半杯沸水入壶，总算又有继续写几张试卷的动力了，品茶确实是修身养性的。

前天，已将《苏豪语录》编好了，这回轮到我自己零散的文集，原来没有一个统一的名字，现在是效法朝花夕拾，写一个"朝活夕整"的故事。

以前东北的人喜欢把行为艺术称作活，或许是浪漫的称谓，我搞文艺的，算是对抽象的进一步抽象。

我时常留恋以前的人和物，也清楚地知道，真正值得怀念的是已经逝去的年岁。若回到我的生活中，则我的态度仅仅是，小抿一口茶水，含一口唾沫，然后吐在地上，道：不过如此。

这些文章有的是以前写的，也有的是最近半夜时用笔记本里的灵感拼凑起来的。总归是对零碎记忆的一个总结。

大概如此。

或许当这篇文章的句点落下之时，我又重新投入繁忙的洪流之中随波前进。

十月二十九日散记

劳碌一天，是一千米和两场考试的试炼，确实疲惫不堪，即使在运动饮料驱使下强打精神，也依然是心力交瘁的境况了。

眨眼间，又是期中考将要来到的时刻了。

在骑车去旅店的路上，我思考着之前的我究竟做了什么样的事。一年半的时间的确很快，我也有了很深刻的成长，不再是那个纯真的愣头青了。或者说我不能再算是自己心中那个真正的文学家了，哈哈，没有随着本心是非常可笑的一件事吧。

然而现实就是如此，人总会走向自己的对立面。

人生中有一段刻骨铭心的感情本不想忘记的，但终究是过去式了，总不该一直留恋。既然已经两相忘，那就再好不过了。

或许未来有重遇的时机，只不过，现在乃至很久以后的一段时间里，她只能以另外一种方式陪伴着我。

繁华的街市在骑车的人眼中不断倒退——有熟悉的店铺吗？我转过头不确定地遥遥一瞥。

诚然，即使以我 5.2 的视力，也依旧无法回望已经远走的记忆，可总归是很奇怪的，不珍惜的经历从记忆之仓中流失时总是平静如水。

但回望时我才知道，岁月如歌，往事不可追。

我也知道音符的声音会渐渐变轻，直到风清云淡。

意识忽然飘忽到我曾经读书六年的小学校园，那是最热血且如梦似幻的地方吧，我在那里喜欢过一个女孩，参加过一支乐队，打过无数场篮球，确实是我不可磨灭的记忆。

时过境迁。

学校旧址因为在风雨中屹立了太久而迁移，为我提早画上了童年时光的休止符。

辞别的时候眼泪止不住地落下。

多年之后，与其说是重逢，倒不如说是各走江湖以后的确幸。

月色隐藏在阴霾之中，阴暗的天幕里隐约闪烁着阑珊的星光。

我在窗前眺望着视野内的景色，几点星火，熙攘的前夜，还有一片倒映的影。

我似乎有一些迷茫。

犹记得，有一位同人去年同我说，未来，他为法者，我为政者，那时我们还是很好的朋友，他不至于自暴自弃，我亦是保持初心的热血少年。

但我无法料到他如今的不学无术。

　　空气有些沉闷，稍稍打开窗户，希望十一月的风能掠去我的不甘与失落，抚慰我的灵感与希冀。

　　我告诉自己，是时候从无谓的伤感中挣脱出来了。

　　晚秋在浴缸升腾的水汽里化作留念。

　　忽然间，远处朦胧地响着悠长的乐曲，是我曾经熟悉的音律，但那把断裂的小提琴告诉我，再没有一声琴音属于自己。

温州之夏

天气转热，阵雨渐频。

夏天要来了。

有天下午在五马街那边吃了碗米线，忽然生出回母校一览的冲动，转瞬却记起那里已然物是人非。

米线店于我而言也有八年的记忆了：最早一次是母亲带我

来的，之后每次考试前总有莫名的空闲去吃一碗状元米线，后来也和小何一起来过。

诚然，我对这里有一种别样的感情。

那是最美好稚嫩的孩童时光啊。

温州的夏天，给我的记忆是下吕浦、新城、汤家桥、五马街、体育馆、建设小学和白楼下的外婆家。

说长不长，说短不短，已度过十几个夏季。

下吕浦和体育馆靠得很近。

幼儿园到一年级的时候，我住在下吕浦。

对幼儿园大概是没什么印象了，唯独庆幸的是在初中回到南浦以后，六七年未见的人依旧叫得上姓名。

这种"他乡遇故知"的感觉非常奇妙。

母亲每个暑假都给我报两个科目的体育班，一门是篮球，一门是游泳，都是学了个半吊子的水平，但我依然是乐此不疲的。

幼儿园毕业的前一天，已经是夏天，教室里空调吹着冷风，同学们聚坐在一起，纷纷探问身旁人未来所要踏足的地方。

有的说自己要去南浦小学，有的说自己要去实验小学，还有的说自己要去广场路。

反正他们的去向各不相同。

有人问我。

我讪讪地回答："可能和大多数人一样吧，去南浦小学。"

他们要我许下诺言，以后和他们一起去南浦小学，然后升到南浦中学。

我问他们："中学以后呢？"

"走一步看一步呗，未来远着呢。"

暑假结束的时候，父亲为我安排好了在五马街读书的事宜。从此，我去了建设小学，很少再见到他们了。

见到的人也是有的，像蒋承昊、张景皓、金叶丰他们。

在体育馆每年认识一届的人，暑假过去以后，大家便远走高飞了。往好了想，或许每年都能跟一批人撞个面熟也是一件好事。

也认识了很多的篮球教练和游泳教练，说真的，他们都很热情，有好几位到现在都还和我保持着联系，问我在中考之际需不需要辅导。

下吕浦的屋子的位置在财富中心旁边，屋舍俨然地一列排开，颇有 20 世纪 90 年代左右的建筑风格。

高楼和红砖楼的交界处就是它所处的位置。

下课之后，我从砖楼群北边的一条巷子经过，祖母每每是在窗台上做一些事情的，看见我，便唤一声我的名字。

她每天给我烧饭，说真的，我喜欢她做的菜肴。

建设小学的六年时间，已经像我梦中的惊鸿一瞥，甚至连老校区的建筑都已化为一片废墟。

除了那些承载着那段记忆的人以外，好像真的没有任何证据能证明它的存在了。

可一切在我脑海中都明晃晃的：我在文学道路上的启蒙人毛老师、好哥们匡廷和盛白告、烤肉队长、我真切喜欢过的小何，还有谢哥，他们现在都已是我珍贵的记忆。

温州城里，每年的夏天都这样过去，平淡得像流水一样，和他们一起。

我窥见的不平凡

最近的经历也无非是这样，下决心要好好学习，其他照旧。积重难返，不可能一下子改掉，确实有作为一个自诩"天才"的人生出的高傲，悬浮着狂妄。

或者说很久没有碰到一个人能狠狠挫一下我的锐气，这也确实，我大概是极为孤独的一个人。文学之上，热爱晦涩的词语；生活之中，沉迷于色彩斑斓的画卷。

自南歌以后就碰不到那样令我真正敬仰的人了吧。我这样一念断定，随后就陷入长久的困顿之中。

昏沉的夜。

"吁……课业大致是完成了吧。"丢下作业的我如往常一般远观雨霁的夜城，呆滞了许久。

手机振动起来，这才想起我是诗社的社长，尚肩负着德清给予的任务。慌乱打开手机，看见屏幕上面有带数字的红点，即刻点开通过了好友申请。

我常会浏览每个人的朋友圈，诗社里大多是女生，朋友圈里无非是追星、日常一类的琐碎，我也晓得——这个年纪的女生常态即如此吧。

怀揣着这样的心理，我走进了又一位社友的日常，然而令我惊讶的是，眼前尽是文字与思想的交织，文笔亦有大家之风范。我忽然联想起她的诗歌，见字如晤，还是文字的韵味和灵气最能吸引我。

我不由得起了敬意，总而言之，是寻到了不可多得的同类。

这似乎是我许久以来第一次脱离孤独的时刻。

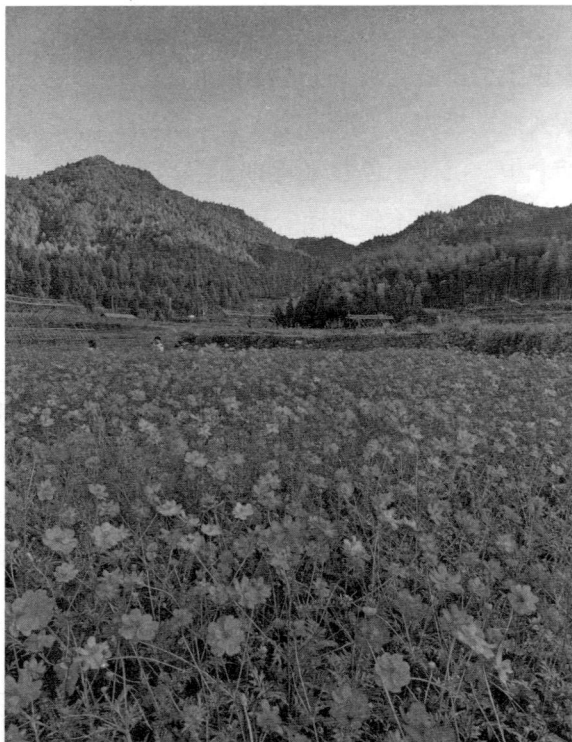

夏日漱石

耳机里放着《夏日漱石》这首歌，我似乎很久没有像这样半夜里做文字工作了，以至于困倦和迷茫布满渐渐变色的机械键盘。

白色的搪瓷杯里有一些冰红茶，明知是清凉的液体我却轻轻吹过，兴起的一丝涟漪像电吉他的琴弦切割磁感线，又好比通电直导线周围的磁场，总归是难以捉摸的。

镜框搁置在一旁了，台灯散开金箔的颜色，我用余光隐约看到房间里零落的布置，勾勒出抽象的人和抽象的物。

摊开的书页搁在腿根上，脊背倒在柔软的椅垫上，椅最高的一道横木恰好契合着颈。我闭上眼睛，静静地听着耳机里可能讲述着一个好故事的音乐。

窗户应当是没擦的，有模糊的水印还残留在上面。

夜　食

我在晚上是不喜好吃东西的，除非是极饿，又除非是极喜欢或极好的东西。

今日，家人回来得晚了，约莫九点出头的时候，有同人询问我：是否要出去尝一些西域的风味，烤羊肉、牛肉等，为庆贺夺得数奖之事。

我欣然应允：那就去吧！

其实，我这个人对肉类以及辣味有一种独特的爱好。实际上我算是半个四川人，少年时期有很长一段时间在那里度过，便有了嗜辣的爱好，又喜爱肉类的质感和交织在各式调味香料之中的乡土气息。烤肉的炽辣于味蕾中翩然悦动，当真是促人朵颐。

于是我与同人进入以前常吃的新疆风味烧烤店，全然无文学家的温文儒雅，甚至有一些江湖中人的桀骜不羁——单手按桌上的铃，霎时便是不断的脆响，闻声到来的是店家小二，道之：牛羊肉串，上好的，各取二十——赋变态辣，再盈两杯"百事可乐"来！

真当是一个豪气。

上菜的速度自然是极快的，而我将肉类转化为养料的速度也是极快的。顷刻间四十支扦子已堆在餐桌，口腔里刺激的辛辣挥之不去，冰爽的可乐把我的心绪推上了顶峰：这顿，吃得好！当真是尽欢啊！

　　一旁相随的人也笑着打趣：夏染墨，江湖中人一个，文者气韵全无！

再遇南歌

大概不会想到我们会以这样的一种方式重逢。

前天下午重返母校后，我一直思考着什么，脚步随着心绪的浪潮在城市里游荡了很久，不自觉间从学校信步至老城区，手指划动着翻阅曾经的聊天记录。

微信上出现了消失许久的头像：我回温州了。

备注是很熟悉的两个字：南歌。

老城区绵延的土坯墙延伸至以前故作酷雅时常去的咖啡厅。我思酌了片刻，手指在键盘上敲下一行字：文学社的老地方，不见不散。

"就知道你会去那里，我也快到了。"

我嘴角扬起一抹浅笑，这或许就是无言的默契吧——曾经在文学社时，我们常在那里聚会，所谓"文者"，对过往总会有一抹眷恋的情感，是说不清道不明的缱绻也罢，是无病呻吟的为赋新词强说愁也好，总之不可或缺。

认识她有四年，还是五年多了？

步行的路程似乎很长，心里铭刻的记忆似乎又化成一幕幕投影，在心尖泛起一阵涟漪。

华灯初上的时候，太阳消失在身后，路灯点亮前进的道路，斜影在一步步的前进中无休止地长短交错。

文学社的最后一次聚会是在两年以前，很多人各奔东西，有不欢而散的意味在其中。

时间过去得很快，我也是一个堪称小有成就的作者了，而曾经的许多人不知去向——也是像她这样的吧，偶尔有一次私下的碰面也是她旅途之中的短栖，原本还有的联络随年纪增长而渐渐消失。

七月多才得知她高中毕业了，前往杭州就读浙江大学。她沉默了几年的朋友圈终于出现了一条动态，于是和她畅谈了很久，但并不知道她忽然返回温州的用意。

繁杂的故事走马灯似的在脑海中闪过后，终于还是推门进了咖啡厅，熟悉的陈设给予我一些莫名的安全感，是念旧情怀作祟吧。

在靠窗的桌前坐下。

墙上的挂钟指针摇曳着，约莫过了好几分钟，街口依旧没有她的身影，于是在昏黄的灯下翻开了书页。

"吱呀——"开门声轻响后，一位身穿白色衬衫的女孩出现在眼前。

我放下手中的书册，摆起一副假笑："好久不见，甚是想念，近况如何？"

"听闻夏大作家将要出书了，敝人特地来拜访。"

"我们跳过这些虚伪的客套话环节怎么样……要喝什么吗，我去点一杯？"

"随意就好——"她像是发现了什么有意思的东西，纤长的手指指向桌上的文簿，"这是你的作文吗？我看一下。"

"请便，拙作还请社长点评。"

"像以前那样叫我姐就好了，这么拘束干吗？"

"哈，人总是会变的……可能是参透一些事情了吧。"

"怎么活成闰土的样子了，别把厚屏障立起来啊……"她说了几句调笑的话，"点了什么？"

"两杯冰美式，提神醒脑。"

随后就是很长时间的寒暄，但总感觉她有一些话欲言又止，卡在嘴边。

"有什么话说出来吧，不要遮遮掩掩了。"

"他们的近况还好吗？"

我当然知道她所说的"他们"是谁："很久没和他们联系了，我也不知道啊。"

她不动声色地摇了摇头，很快转移话题："散文写得越来越好了呢，我甚至找不到可以批评的点了。"

"哈……你也越来越漂亮了。"

她笑脸一红，娇嗔着在我头上蜻蜓点水地拍了一下："没大没小！"

"好啦……你回温州是干吗的呢？"

"回温州参加一个文学比赛的复赛，突然想起来找你们这些以前文学社的社员们叙旧，可惜只找到了你。不过也没事，你可是我当初最看好的社员，现在看来果真如此啊。"

"谬赞！上一次这么巧是在四年前的动车上吧，来去都是同一班车，还都在对面的座位，后面你就把我邀请进了你的文学社。"

"啊……咖啡上来了，不代酒碰一杯吗？"

　　我微微钩起咖啡杯的杯柄，轻轻碰了一下她的杯子，随后是瓷器相撞的清脆声。

　　两人相视一笑，目光随后投向远方的夜色中。